最美的背影

赵顺年 著

山東文藝出版社

图书在版编目（CIP）数据

最美的背影 / 赵顺年著. —济南：山东文艺出版社，2023.3

ISBN 978-7-5329-6737-7

Ⅰ. ①最… Ⅱ. ①赵… Ⅲ. ①散文集—中国—当代 Ⅳ. ①I267

中国版本图书馆CIP数据核字（2022）第177242号

最美的背影

赵顺年　著

主管单位　山东出版传媒股份有限公司
出版发行　山东文艺出版社
社　　址　山东省济南市英雄山路189号
邮　　编　250002
网　　址　www.sdwypress.com

读者服务　0531-82098776（总编室）
　　　　　　0531-82098775（市场营销部）
电子邮箱　sdwy@sdpress.com.cn

印　　刷　山东临沂新华印刷物流集团有限责任公司
开　　本　890 毫米 × 1240 毫米　1/32
印　　张　7
字　　数　158 千
版　　次　2023 年 3 月第 1 版
印　　次　2023 年 3 月第 1 次印刷
书　　号　ISBN 978 - 7 - 5329 - 6737 - 7
定　　价　68.00元

序

也许是出于对文字的敬畏，我对作家也总是有一种由衷的好感，尤其是那些文笔优美、文字干净的作家。

我不会刻意讨好市场，总是固执地相信文学作品就应该让读者看后有启迪、有感动、有震撼，并且从中摄取正能量的。

作家无论处于庙堂之高或乡湖之远，关注弱者、关心人民，抒写民族从孱弱走向强壮、走向辉煌的每一段历程乃至每一次苦难、每一次阵痛，都理应成为作家的职责。从这个角度看，顺年兄就是值得我尊敬的一位作家。

顺年兄和我一样，对文字的敬畏达到了令人肃然起敬的程度，他在《还是文字的力量》中写道：“文字是有温度的……文字是有情感的……文字是有力量的……文字是有生命的。我对于文字的崇拜仿佛是与生俱来的，是从骨子里生发出的一种特殊的钟情与挚爱。从我初涉世事到工作的历程中，我一直都与文字相伴，曾以文字创造出成果而兴奋、自豪、充满干劲，尤其在我生命旅程中最困苦艰难的阶段，都是文字赋予我力量，文字成为我走出泥泞困境的路和桥，在我几十年的工作中，文字是我最忠诚笃爱的伴侣，渴以当饮，饿时充饥，冷而为衣。”

正是顺年兄对文字的敬畏与崇拜，才使他在文学道路上得以披荆斩棘，走过泥泞，跨过坎坷，创作出三百多万字的小说、散文、诗歌、报告文学以及影视文学作品。

顺年兄长我近十岁，他喊我老师完全是出于他对同行的尊重。与他接触时间越长，你越能感到他为人谦逊、对人热情、做人诚实，那都是从他骨子里生发出来的，没有虚伪，没有架子，没有装腔作势，作为一名曾担任过基层党委和县、市宣传、文艺、科技部门主要负责人或其他职务的干部，确是难能可贵。

顺年兄从基层一步步走来，成为正处级的干部和一级作家，每一步都走得深接地气，每一个台阶都踩得有力坚实。毫不夸张地说，顺年兄有幸见证并亲历了那个曾经引爆中国农村改革、被党和国家充分肯定的“诸城模式”的形成、发展，其产生的社会影响力、带动力和充满后劲的巨大能量，既为顺年兄积累了大量的文学创作素材和一手资料，又为他日后攀登文学高峰增添了底气。

早在担任乡镇党委书记时，顺年兄就以写作潍坊市改革开放以来的第一部中篇小说《酒家协会的兴衰》引起了文坛和读者的高度关注。长春电影制片厂曾以《相忘江湖》为名将此书列入电影改编计划。1990 年，顺年兄调入潍坊市文联工作，为期八年，为全市的文学事业发展做出了不小的贡献。离开文联之后，顺年兄笔耕不辍，文学创作热情不减，不断创作出出人意料的作品！

近日，顺年兄的散文集《最美的背影》即将付梓，这是一部记录着他多年履历与感悟的精美散文集，他用诗化的语言、优美的文字、感人的故事、不同的艺术手法，歌颂了人间最珍贵的情愫——大爱与深情。在顺年兄的这部散文作品中，有解放军、志愿军、白衣战士为国家、为人民的无私无畏的大爱，又有父子、兄弟、战友及干部和群众之间的笃厚深情，从不同的角度描绘了人情、人性、人品和榜样的力量，展现出了普通人崇高而宽广的精神世界。

散文集开篇的《从电影〈长津湖〉想到的》，一开始就把我们带到了炮火纷飞的抗美援朝战场。作者从自己的大哥参加抗美援朝战争并以身殉国的真实故事，描述了那个年代“最可爱的人”对祖国的炽热情感和毅然奔赴疆场的无畏。接着，他笔锋一转，回到了当下，用浓墨重彩的笔触描绘了乡镇驻军中的一位战士童培友，他在战场上用自己的身躯滚过雷区，排除危险，为战友的冲锋碾压出了一条生命通道，赢得了战争的胜利。前后相隔近半个世纪的两位军人形象，读后令人不胜唏嘘、潸然泪下！

作者用柔美的语言，在《“清明”寄语》《乘着诗歌的翅膀》《随笔随想》《琴声悠悠》等多篇散文中，驾轻就熟地给我们讲述了一个个极富哲理、震撼心灵抑或令人倍感凄美的故事，用浅显却深刻的道理告诉读者：“人的一生如同奔流不息的小河，一波来了，一波去了；一波又来了，一波又去了。春夏秋冬，年复一年，最终，一波一波的都会远去，而留在岸边的，都是些或温暖或冰凉或圆满或残缺的无法修复的生命的痕迹。”

这是顺年兄对生命的感悟，也是对岁月沧桑的体味，让读者在阅读中不自觉地融入其中，成为某个故事、某篇文章的主人公或创造者。

顺年兄虽年过花甲，但他对人生的态度，在他的两篇关于青春的散文中表露得淋漓尽致，正如他说的：“青春，不仅是人生命的一个阶段，还是一种精神境界，是一种带有坐标意义的人的生命象征。”

这是顺年兄一种超越年龄的感悟，一种昂扬的、喷发的生命激情。在他的笔下，青春不是年华，而是心境；青春不是桃面，而是意志；青春流逝不是对时光的否定，而是炙热情愫的再张扬，更不是生命的枯竭，而是生命的泉水在汩汩流淌。

在本书中，作者还通过对两个人物的描写，再现了他所钟爱的诸城市在改革征途中的两个普通人的形象。无论是花甲之年放弃优越的富裕生活，奉献出自己大半生的财富创造了全中国最大的榛子园，带领山区人民脱贫致富的魏本欣；还是为了八百元贷款，硬着头皮找到镇党委书记，一步一个脚印创造了“鹌鹑王国”，现成为国内家兔饲养规模最大的“养兔大王”的刘本明。他们都是在诸城改革风云中涌现出来的不同时期的顶尖人物。顺年兄心系故乡，时刻不忘在诸城这片土地上奋斗的人们，为他们立言，顺年兄既感欣慰，又觉义不容辞。文中，更让我们感动不已的是顺年兄作为镇党委书记冒着风险给刘本明担保贷款的那种对弱者的无私支持和款款柔情！

童年的记忆，是每个人生命里的一串串珍珠，顺年兄用《看电影》《尝山楂》《摸西瓜》三篇散文描述了那个年代人们最普遍的记忆，用诙谐的语言讲述了他充满情趣的童年，读来让人忍俊不禁，又不自主地融入一种深深的感叹与思考中，那不是别的，那是一代人的少年时光。

当然，顺年兄最引以为豪的是他戴上了中央颁发的首批“光荣在党 50 年”纪念章，在《“光荣在党 50 年”速记》中他深情地写道：“当我把‘光荣在党 50 年’的珍贵的纪念章挂在胸前的时候，那种激动、自豪、感慨，绝不亚于入党时面对党旗，向党宣誓的那一刻。”我想，这是顺年兄的肺腑之言，也是发自他心底的呼唤！

用《最美的背影》作为该散文集的书名，体现了顺年兄对该文集每篇散文的挚爱之情和巧妙之思。他的每篇散文无不主题鲜明、人物个性突出、故事引人入胜，但用几个字或一句话根本无法概括那么多篇文章的主题，更没法概括那么多人物的个性，所以他选择了“最美的背影”为书名，明确告诉读者，书中的每一篇文章都在从不同的角度写着一个个人的背影，让大家从一个个人的背影里去领悟、感觉、品味文章中的人和事，可谓用心良苦。

在一篇文字有限的“序言”中，我无法将十几篇散文的特点和众多人物一一予以点评，便借用了顺年兄的巧妙之思，用“背影”二字概括了后边极具分量和感人至深的、凝聚着顺年兄无限情深的篇章中的人物。他们是《求是》杂志前副总编辑朱铁志、“杂交水稻之父”袁隆平、诸城县委书记张修林、都吉台村老党支部书记赵振东和冒着生命危险跳进洪水传递救人命令的刘安基以及钟南山、李兰娟等院士。顺年兄真挚的言语和令人感动的滚烫文字，让我们记住了他撰写的一个个人物的“背影”，那些无愧于伟大时代的“背影”，无愧于伟大祖国的“背影”，无愧于人世间的最美的“背影”！

“笔墨生傲骨，文章长精神。”通读《最美的背影》全书，一个最大的感受，就是顺年兄文字干净、语言清新、富有哲理、意境深邃。他不是在简单地叙述历史和曾经，不是在轻浮地罗列数据和煽情，而是在用一种别样的思考、严密的逻辑、优美的文字、朴实的风格和动人的故事赓续作为“龙城”的诸城那源远流长的文化“龙脉”，在用不懈的努力进行一次艰苦的文学创作，在长途跋涉中寻找被雾锁烟迷、覆盖雨雪冰霜的征途。

在《最美的背影》这部散文集中，我从字里行间读出顺年兄文品与人品的高度一致，读懂了他为人的坦荡正直。在他的作品里，没有庸俗、没有猎奇、没有色情，不仅这部书里没有露骨的男女苟且之事和无病呻吟的浑浊字眼，在顺年兄其他的作品里，也都是无可挑剔的高境界和大格局，正像山东大学文学院教授牛运清老师专门撰文称赞顺年兄作品说的那样：一个透亮的世界！

是为序。

2022 年 11 月 27 日 泉城南山书院

杨文学

目　录

从电影《长津湖》想到的

（一）

承蒙朋友刘金波先生盛情，电影《长津湖》刚刚在诸城上映，我便观看了这部国内迄今为止投资规模最大、演职人员最多的战争题材电影。

2021年国庆假期，我慕名到诸城市茶道古街29号“缘督中医诊所”找刘金波先生求医问诊，并开始做针灸治疗肩周炎。

刘金波先生令我感激与感动！

令我感激的是，刘金波请我看《长津湖》的热情与真诚，当然并不单单是因为他请客，而是因为在我正特别关注并迫切想看《长津湖》这部电影时他非常及时地送给我这个一睹为快的机会，使我酣畅尽意地欣赏了一场视觉盛宴，深切感受了这曲以青春、热血与生命谱写的气势磅礴、充满家国情怀和崇高国际主义精神的雄伟战歌！

令我感动的是，刘金波是一位大夫，是一位中医大夫。大学毕业后，他穷究《黄帝内经》《黄帝八十一难经》《伤寒论》等中医经典，兼取董氏奇穴等多家针法特色，在古中医理论的指导下，形成了自己独特的“辨阴阳、求同气”的大通针法，将“以上治下，以下治上，以左治右，以右治左，同气相求，阴阳倒逆”的治疗法则应用于临床，既安全方便，又疗效确切。

刘金波先生在掌握了一整套成熟的中医、中药理论和独特技艺的基础上，赢得了患者的普遍好评。他在自己的恩师——中国工程院院士、国医大师、针灸学专家石学敏教授的指导下，决心继承好博导石学敏教授独创的针法，在醒脑开窍针法和手法量学研究方面取得更高成就，勇攀医学高峰，为更多病人解除痛苦。刘金波年轻有为自不待言，他勤奋好学、善于钻研、勇攀医学高峰的精神令我感动。但最让我感动的是，他让自己已上大学的女儿和刚上小学的儿子一同踏进了影院，他对我说："让孩子们看这部电影不是让他们看热闹，是让他们受教育，是让他们看看战争的残酷，知道社会安宁和生活幸福的不易！"

这句话，让我异常感动！

现在的人们，实在是太需要这方面的教育了！不仅是年轻人，包括老人，都应该强化这方面的教育。并非是教育战争中谁强谁弱、谁胜谁负，而是通过战争的残酷与无情，使大家看到人在战争中精神上的坚强与肉体上的脆弱。人的肉体在战场上瞬间就会化为乌有，甚至简单到如同秋风扫下一片树叶，脚下踩死一只蚂蚁。火光一闪的瞬间一个甚至多个活生生的人就立马粉身碎骨。《长津湖》这部电影就战场上的残酷在多场戏中进行了淋漓尽致的表现，包括"冰雕连"，包括土豆冻成冰块硌坏牙，体现了气候与环境的恶劣。我想，人的生命是最宝贵的，而任何战争都是对生命的摧残，都是对和平社会的亵渎，都是对人们幸福生活的践踏。一场战争不知要夺去多少人的生命，不知会让多少人痛不欲生，不知会让多少家庭妻离子散、家破人亡！从这方面讲，所有人都要懂得珍爱和尊重生命，所有的国家都要避免和遏制战争，让子孙后代远离杀戮，铸剑为犁；让不同国家、不同种族、不同文化的人们和睦相处。

一部电影，不管主创人员做出何种努力，付出多少劳动，总会存在缺陷与不足。《长津湖》这部既关系到国际与国内，又关系到过去与现在，还关系到战争与和平的史诗般的鸿篇巨制，它主题的表达、故事的构思、场景的设计、人物的刻画、细节的描绘等无疑都是十分成功的。尽管影片长达三个小时，但它怎么也承载不了抗美援朝战争的艰苦，怎么也承载不了那种特殊环境下战争的惨烈，更不可能在有限的片长内展现每一场战役、每一次战斗的具体场景与细节！

毋庸讳言，电影就是电影，再高水平的编剧、导演、演员包括现代拍摄制作技术，也不可能复制出战场上的那种危险、残酷和血腥。

我不想对《长津湖》这部电影做什么评论，因为对它的好评已经铺天盖地，当然也不可避免的有贬谪之词，甚至吹毛求疵之语。我也能找出它很多的缺陷与不足，甚至比较明显的错误之处。但是，我不是在搞影评。在这里，我只想告诉大家我在观看这部电影时所想到的东西，我是边看边想，看完之后写下的这些文字。

我是怀着通过电影进一步了解抗美援朝那场战争的惨烈及受教育的心情走进影院的，因为那场战争与我有一份联系，并且是一份很密切的联系——我的大哥就牺牲在那场惨烈的战争中。

电影一开始，伍千里双手抱着他大哥伍百里的骨灰罐子回家探望自己的父母，并表示要帮助自己的父母盖房子、给弟弟伍万里说媳妇，可第二天清晨就接到了部队紧急集合的命令。他不知道要去哪儿，即便知道了也无法告诉他的父母去哪儿，只跟父母说很快就回来，回来后要帮父母盖房子，还要帮父母种刚分到的几亩土地。伍千里跟他父母依依惜别的那个场景，一下子就让我想起我大哥即将赴朝鲜战场前跟我父亲分别的那个场面！

（二）

那是一九五二年农历十一月底，刚刚成立的乡邮局给父亲送来一封加急电报："请父速来。"电报是从江苏常熟来的，父亲不识字，拿电报让二哥看。二哥看了电报后好长时间没说话，父亲就急了，催问道："怎么了，电报上是什么事？快说！"

二哥心里紧张但却用缓慢的语气对父亲说："我大哥那儿可能有什么事，让你快去。"

父亲一听，直愣愣地看着二哥，也不说话了。

爷俩知道电报内容后都不说话，因为他们的心情一样沉重。他们一是担心大哥那里出了事，从电报上那四个字判断，孬结果的可能性大于好的结果，且事很急；二是因为家里还有一件比较棘手的事，就是我母亲和我二嫂都怀有身孕：母亲怀的是我，二嫂怀的是我的大侄子培华。那个年代，婆媳同时怀孕，一块儿坐月子的事在农村尽管不算普遍，但也屡见不鲜。父亲和二哥接到大哥电报的时候，母亲和二嫂都已经到了行动不便的时候，说不准哪天就要"坐月子"，因而不能一起离开家。爷俩一个要马上出发去看大哥，另一个必须在家照顾这两位孕妇。而能同时照顾婆媳两人的只能是二哥，他既可以照顾自己的媳妇，又可以照顾母亲，倘若父亲在家，他就不方便照顾二嫂。但是，从山东诸城县的都吉台村到江苏常熟的某个地方，相距千里之遥，父亲如何去？二哥在发愁，就愁在父亲不识字上，父亲一个大字都不识！父亲自然看出了二哥的为难，他也知道自己此去路程遥远且十分艰难。爷俩大眼瞪小眼愁了半天，但大哥那边事不宜迟，父亲被逼着尽快做出了决定，他对二哥说："你在家照顾你娘和你媳妇，我自己去，现在就走。"

父亲在路上奔波几日，终于到了常熟。

一个大字不识的父亲，在那个年代出远门，汽车、火车来回换乘，其艰难程度可想而知。据父亲自己说，一路上，他不停地问路，问得口干舌燥。因为语言不通，有时候好不容易搭上腔，可自己说什么人家根本听不懂，人家说什么他也听不懂，耳朵里塞满了"叽里哇啦"，父亲说比小鬼子的话还难懂，加上他心里着急上火，到了大哥部队的时候，嗓子已经哑了。幸亏当时常熟只驻扎了大哥所在的那支部队，不然，即便到了常熟，父亲想找到大哥也要费很多周折。好不容易找到部队，父亲跟站岗的战士解释了大半天，也没让人家听明白他要找谁办什么事，站岗的战士便不让父亲进部队大院。父亲急得抓耳挠腮，幸好一个年龄稍大的当兵的往院子里走，问父亲找谁，父亲说了好几遍，那人才好像是听明白了，便很客气地说："大爷，请跟我走吧！"

那个当兵的领着父亲进了院子。

院子里人来人往，都是当兵的，也不知在忙什么。父亲跟着那人走到一排房子的最东头，那人在门口站定，高声喊："报告团长，您家大爷来了！"

大哥从屋里跑出来，见果然是父亲，便十分高兴地喊了声："爷，您来了？"

父亲随着大哥走进屋里，还没坐下，便问大哥拍电报催他快过来有什么事情。

大哥很轻松地说："没什么事情，就是想爷了，让爷过来看看。"

父亲就很不高兴地说："这大老远叫我来，就是为了看看，看什么？是看你还是看我？"

大哥见状，满脸笑意地跟父亲说："爷，看你看我这不都一样吗？反正我看见爷了，爷也看见儿了。爷，你既然来了，就放宽心，在这里多住些日子，儿子陪您到处玩玩，这南方可比咱北方好多了，冬天也试不着冷。"

父亲听了就更不愿意了，有些生气地对大哥说："爱冷不冷！家里忙得很，哪有心思玩，真没什么事，明后天我就回去。"

父亲只对大哥说二哥已经结婚，二嫂马上就要生孩子了，但隐瞒了母亲也怀孕，很快也要生孩子的事。

其实大哥那个时候只是想见父亲一面，确实没有什么别的事情，他就是想看一眼自己的父亲，这是后来父亲才感觉到的！

大哥知道，即便自己真有什么事情，父亲来了也帮不上忙，所以大哥一直表现出轻松的样子。他对父亲说："爷今天先歇着，明天我先陪你在常熟城里转转。看完常熟城，再陪着爷看其他地方。"

一路颠簸，一路语言不通，不知怎么坐汽车、乘火车，父亲真的累了，他顾不上跟大哥计较，便随着大哥往院子的西头走去。

大哥将父亲安排在部队的接待处，自己便忙其他的事情去了。

在部队的接待处里，父亲还看见了几个人，男女老少都有。有的嘻嘻哈哈，大呼小叫；有的却擦眼抹泪，哭哭啼啼。南腔北调的，父亲也听不懂人家说了些什么，他劳累了一路，在床上一躺就睡着了。

父亲一觉睡到天亮，大哥陪父亲吃过早饭后，用一辆吉普车拉着父亲到了城里。车上，大哥比画着给父亲讲，这是什么街，这是什么路……父亲一脸不屑一顾，心不在焉。大哥是有目的地说，他不管父亲听不听，继续给父亲讲解着。待穿过几条街，拐了几个弯后，车便在一家照相馆门前停下。大哥说服父亲，陪着父亲走了进去，请照相师傅给爷俩照了个合影，并说好第二天一早来取。照相馆的生意很好，照相的人很多，大部分都是当兵的和他们的家属，有人跟大哥打招呼敬礼，团长长、团长短地叫着。

从照相馆出来，父亲就问大哥："什么时候当的团长？"

大哥说："就是给您发电报的那天，上边刚下的命令。"

父亲说："急着拍电报让我来，就是来看你当团长？"

大哥支吾着说："是，就是让爷来看儿子当团长了。"

父亲到常熟后的第三天，大哥刚陪父亲吃完早饭，一个当兵的给大哥送来了三张照片。大哥拿给父亲看，父亲认真端详后，很高兴地说："好，好，奇好！"

大哥说："爷，这张照片你拿回家吧，这两张我留着。"

父亲端详着照片，点头答应了。这时，又有一个当兵的过来，递给大哥一个文件夹，大哥看了一下，接着跟父亲说："爷，您先歇歇，我一会儿就过来。"

父亲点点头，把那张照片放进了口袋。

不到半个小时，大哥就回来了，跟父亲说："爷，您不是说家里很忙吗？明天就回去吧！明天早上我到火车站送你！"

父亲一听大哥叫自己回去，愣了，不但愣了，而且火了，火大了！他直接质问道："你这是要什么把戏？你知道爷来这一趟多不容易，路上受了多少罪多少累多少难为你知道吗？刚来的时候说让我多住些日子看看这里看看那里，这怎么突然撵着我回去了？"

大哥连忙向父亲解释说："刚才接到命令，部队要出发！"

父亲问："出发？到哪儿？"

大哥说："东北。"

父亲在家的时候就听说过抗美援朝的事，还参加过村里的游行，跟着人家喊过"抗美援朝，保家卫国"的口号，但他根本不知道朝鲜在哪个方向。按照他的想象，朝鲜应该在都吉台的东南方向，大哥说出发去东北，东北在都吉台的东北方向，肯定不是去抗美援朝。再说，部队经常换地方也是正常。所以，大哥说到东北，父亲并没往心里去。但父亲的火怎么也消不下去，他怎么也没想到，电报只收到四个字，来了之后还没住够四天就把人往回撵，哪怕一个字住一天呢……自己在路上走了七八天，一路上吃不好、喝不好，茅房都找不到，几天时间把自己"造"得话都说不出来，原以为儿子这里有什么急事，来到后不仅什么事都没有，连顿正经饭都没落着吃。在家就听说南方人爱吃大米，做梦都想尝尝大米饭什么滋味，再住上几天肯定能吃上大米饭，结果这马上就要走！前前后后就照了这么一张相片，早知道这样的话，不要说四个字的电报，就是四百个字的电报自己也不来……

父亲的脾气大哥知道，好言相劝已无济于事，他便告诉了父亲一个秘密，也是一件大喜事，用这件喜事浇灭父亲的心头之火。大哥本来是想几天后再告诉父亲的，可情况紧急，再不告诉父亲，说不定永远没有机会告诉父亲了！

大哥告诉父亲，自己已经结婚，给他娶了个漂亮的儿媳妇，还给他生了个大孙子，上海解放后，母子俩就在上海住下了。大哥说，自己结婚的事本来是要告诉父亲的，但因为太忙，部队又无定处，担心父亲挂牵，便什么事都没跟父亲说。这次让父亲来，就是为了领着父亲去上海看看儿媳和孙子的。可还没顾得上去上海，他就接到命令要出发，所以让父亲先回去，等他回来再请父亲去上海看儿媳妇和大孙子。

大哥用了一晚上说服父亲，爷俩一夜未眠。他把当兵后的一些重要经历讲给父亲听，特别是他与大嫂的故事。大哥和大嫂的故事堪称传奇，是父亲后来病重时，在诸城人民医院讲给我和我二哥听的，关于大哥的故事我在我的长篇纪实文学《父与子》中作详细的叙述。我今天只说一件事，就是大哥和父亲要找的一件东西，之前始终没有找到，成了他们爷俩的遗憾，死都闭不上眼睛的遗憾。现在，那件东西已经于二〇一九年八月二十七日十五点零五分找到了！那是一枚炮弹，一枚日本迫击炮的炮弹。那枚炮弹当时如果爆炸了，大哥那时就牺牲了，也就没有了我大哥和大嫂的故事，更没有了大哥、父亲甚至二哥一生的遗憾。父亲讲给我和二哥听，并严肃强调：如果找不到那枚炮弹，大哥和大嫂的故事跟谁都不要提起，权当没有发生。如果找到了，就让我们想办法给大哥恢复名誉，想办法去上海找大嫂和侄子。大哥的故事悲壮、曲折、惨烈，大哥受的委屈和不公，因为没法找到那枚未爆炸的炮弹而无法昭雪。那个故事很长，我不在此文中展开，但我要感谢石桥子派出所的张立卿指导员，深深地感谢他。是张立卿指导员在朋友圈发了发现那枚炮弹的消息并附了炮弹照片。我当即打电话跟张立卿指导员求证，那枚炮弹是一枚日本迫击炮炮弹，发现的地点就在渠河南岸都吉台与大近戈庄中间的那片老树林子东边……

早饭后，大哥亲自送父亲到苏州火车站。那时的常熟未通火车，常熟与苏州相距四五十公里。路况不好，吉普车一路颠簸，大约一个小时左右才到了苏州火车站。路上，大哥一句话也没说，父亲知道儿子有心事，也就没问什么。

到了火车站，司机去窗口拿车票，大哥便跟父亲开玩笑，说："爷，人家都说'上有天堂，下有苏杭'，等我回来，就让你和俺娘都到苏州、杭州还有上海看看玩玩，也看看你大儿媳妇和大孙子！"

父亲为了安慰儿子，便说："好，到时候你再拍电报，收到电报我就来。"

火车票取回来了，大哥把车票递到父亲手里，又从口袋里拿出几张纸币，递给父亲。父亲怎么也不要，大哥就说："爷，你拿着吧，儿子当兵这么多年，也没尽点孝心，钱不多，就这点，你拿着路上买点热汤热水的吃吧！"

父亲没再说什么，把大哥给他的钱随手塞进了口袋。

火车来了，大哥把父亲扶上车，给父亲找到座位。父亲坐好后，他用手在父亲的光头上抚摸了几下，然后用脸贴了贴父亲的额头。父亲还没反应过来的时候，大哥一句话没说，扭头下了火车。大哥下火车后，就在月台上站着，望着父亲座位的窗口静静地等待火车开动。

过了好一会儿，随着一声汽笛的鸣叫，火车开动了。父亲从车窗伸出头来，大声朝大哥喊着："回去吧，你快回去吧！"

大哥没喊没叫，一直不停地向父亲挥手，直到火车快看不见了，他还在月台上站着，就那样挥着手，一直挥着，挥着……

父亲回到家的时候，大哥的部队已经跨过了鸭绿江，开进了抗美援朝的战场，而这一切，父亲全然不知。父亲是接过烈士证书和一顶志愿军军帽时知道的，乡民政助理说："这顶帽子就是你儿子的！"

父亲一下子呆了，他慢慢地蹲在地上，手里捧着那顶军帽，两眼直直地看着，然后猛地把那顶军帽捂在脸上，一句话都没说。父亲后来说，那时，他想起了在火车站大哥一直向他挥手的情景……

那是父亲和大哥见的最后一面！

（三）

《长津湖》这部电影，是众多抗美援朝电影中的一部，也是近几年这类题材的电影中影响力最大的一部，其余基本为老电影。当我看到伍万里也跟着他二哥到了部队成为一名志愿军战士时，这一门三兄弟奔赴战场的感人故事，使我又想到了一个人。这个人叫孙阁田，我是在参观渤海走廊革命斗争陈列馆时了解到的这个人。

渤海走廊革命斗争陈列馆是昌邑市委、市政府精心打造的党性教育基地，里面陈列着八路军、我们党的干部和人民群众不怕牺牲、可歌可泣的英雄事迹，孙阁田就是其中一位农民代表。他是昌邑市渔埠村人，膝下有六个儿子，一九三八年夏天，他让大儿子孙同忠加入了八路军鲁东抗日游击队之后，短短的六七年时间里，他又先后让其他五个儿子全部加入了八路军。大儿子孙同忠二十二岁当兵，由于作战机智勇敢，同年年底就由班长、排长晋升为团参谋长。五儿子参军时十六岁，而最小的六儿子参军时仅仅十四岁。

一九四五年中秋节，中共昌邑县委在渔埠村召开千人大会，隆重表彰孙阁田的模范事迹，并赠给他家一面上书“一门六英”的锦旗。孙阁田的六个儿子，除一个负伤返乡外，其余五个皆牺牲在战场，为中华人民共和国的成立献身捐躯。

站在孙阁田老人和他六个儿子的塑像前，我感慨万千，这是何等的胸怀！

美国叫抗美援朝战争为朝鲜战争，美国给这场战争拍摄了几十部电影，还有专门的纪录片《血战长津湖》《美国历史：长津湖战役》等等。美国的电影除了宣传美国军队的强大、武器装备的先进精良之外，也试图宣传美国军人的勇敢和牺牲精神，但在他们的军队里，根本找不出一个像我们军队里的董存瑞、黄继光、邱少云那样可以手托炸药包、用身体堵枪眼、在烈火中永生的英雄，而在我们的军队里，这样的英雄却比比皆是。

电影《长津湖》中那个久经沙场的老兵雷公将已经烧红的“标志弹”抱上汽车，自己亲自驾车冲向敌人阵地时，他明明知道那是去送死，却义无反顾、视死如归。只有我们的志愿军战士，只有我们的解放军战士，才能有此壮举！

琴声悠悠

（一）

那是一条小巷，一条既不规则也不宽敞的小巷，一条名曰“行政街”的小巷。

为何叫作“行政街”，未曾考证，不得而知，只知道潍坊东西方向的路，都称为“街”，而南北方向的则叫作“路”。

小巷很窄，行人便少，与潍坊市区内其他街道上的车水马龙相比，它宛若一位身着古典旗袍的年轻女子，纤细、婀娜，时时透着自内而外的优雅与沉静。

我习惯走那条安静的小巷。

那小巷深深地吸引我，每每让我情不自禁！

除了小巷如同纤细少女般的沉静与优雅外，吸引我的还有时常从小巷深处飘出来的悠悠琴声。

每当我披着落日余晖缓缓穿过小巷的时候，那琴声给予我的是一种直入心灵的体会与享受；是一种人生冷暖、世事无常的感悟与沉思。

琴声悠悠，震撼着我的心！

（二）

又是一个雾霭蒙蒙、琴声委婉的黄昏，我一边在小巷里走着，一边追逐着琴声，竟下意识地循着那琴声叩响了一扇门，一扇临街朝南的屋门。

琴声停了，门却未动，里面只传出一声低沉的“请进！”

我轻轻一推，门就开了，悄无声息。

并不宽敞的临街小房却十分明亮。房间里几乎没有任何杂七杂八的物什，只正中安放着一张躺椅，一位老人蜷缩着身子躺在椅子上。见我进来，他轻轻点了点头，表示欢迎。我看见，老人手里拿着一只口琴。

“您的口琴吹得真好！”我由衷地赞叹。

“过奖了。”老人淡淡地说着，慢慢挪了挪身子，又不无伤感地说，“可惜，吹得再好，她也听不到了，更得不到她的夸奖！”

“您说的是谁？”我禁不住问。

“这琴的主人！”

“那它的主人呢？”

“她走了！四十年前，她跟一个身强力壮的男人走了！走时，她什么也没留给我，只给了这琴。”

说完，老人颤巍巍地朝正前方看了看，又黯然地看回自己的腿。

循着老人的目光，我看到老人对面的墙上挂着一张年轻的漂亮女人的照片，回过头来，我又看见了老人那明显萎缩的双腿。老人拿在手里的那只口琴已锈迹斑斑，曾经镀在表层的所有美丽装饰已经剥落。

老人看我好奇的神态，说了声：“请坐。”便把那只口琴凑到唇边，悠扬的琴声便旁若无人地响了起来……

看着这一切，听着这美妙的琴声，我突然想起了一位哲人曾经说过的话：在这个世界上，只有音乐才与上帝最近。

那么，这位老人跟上帝最近吗？显然不是。

那么，是这位老人在踏着口琴吹奏出的音乐桥梁跟上帝对话吗？

我想，也许是，也许不是。但我敢肯定，他人生最宝贵的爱情大厦坍塌了，他手中的口琴也被岁月剥蚀了，但他依然用那口琴吹奏着、倾诉着、呐喊着他内心深处无穷无尽却又无法挽回的对青春的渴望与对爱的追求。

我想，他的执着，以及他那悠扬的琴声，是发自他心底的一种力量，那力量支撑着他的生命。不管是来自现实的还是自我麻醉的，那口琴以及它发出的声音，已经成为他残缺的躯体赖以生存的拐杖和全部的精神寄托。

人的一生如同奔流不息的小河，一波来了，一波去了；一波又来了，一波又去了。一年四季，春夏秋冬，年复一年，最终，一波一波的都会远去，而留在岸边的，都是些或温暖或冰凉或圆满或残缺的无法修复的生命的痕迹。

我想，那位郭姓老人的琴声，是一种心灵与心灵的对话，抑或是凡人与上帝的对话。

（三）

那一刻，我想起了我那只口琴，我心中的那只口琴。

严格地说，那口琴不是我的，是她送给我的。

再严格地说，那不仅是一只口琴，还是一个纪念，一个难忘的值得珍藏的纪念。

更严格地说，它不仅是一只口琴，不仅是一个纪念，还是一份记忆，是一个人的青春记忆，是一部分人的青春记忆，是一代人的青春记忆。

她，是我人生旅程中上天送给我的一位好朋友，一位好姊妹。

她叫刘爱华。她不是很漂亮，但她处事周全、心地善良、知书达理、乐于助人。

她是位“上山下乡”知识青年，从青岛插队到生我养我的一个唤作“都吉台”的村庄里。

都吉台村很大，六七百户人家，两三千口人，在诸城为第二大自然村。都吉台又是一座古城，历史悠久、底蕴深厚。朝代更替，战乱迭起，但绕全村一周的高大宏伟的城墙、城门和护城河依然完好无损，仍保有它平安和繁荣的历史印记。都吉台民风淳朴，村民待人忠厚，就像一位历尽沧桑的慈祥老人，对年轻人百般呵护，对外来人尊若上宾。知青到这里下乡锻炼，接受贫下中农再教育，那是知青们的理想和志愿，都吉台的村民把他们视若客人，视若亲人，视若宝贝。他们在都吉台，有的曾经历天灾，但所有人都没经历过人祸；他们在都吉台，曾经历劳动的艰辛，经历生活的困苦，经历岁月的蹉跎，但从没经历过村民加在他们精神上的负担与重荷。农村的客观条件与现实，则真真切切地充实和丰富了他们的阅历和他们对中国农村、中国农民的认识。也正是因为都吉台村民对他们的尊重与关爱、呵护与照顾，他们和村干部、村民都结下了深厚的友谊，都吉台已成为他们实际意义上的第二故乡，成为他们终生不忘的泼洒过青春与激情的土地。为此，他们也给予了村民们精神上的回报，那就是他们带来的城市的信息和空气、外面世界的理念与梦想和时常响在都吉台上空的歌声和音乐！也正是他们的歌声和音乐，给这个淳朴、陈旧、沉寂的村庄增添了新的生机与活力！

我不懂音乐，但我喜欢动听的曲子。

也许正是因为这个爱好，我与刘爱华走近了。

在农闲的季节，我们俩经常在一起谈心，经常在一起憧憬未来和爱情。

刘爱华的爱人是一个我至今未曾谋面的当兵的大哥，每当讲起那位大哥时，刘爱华的脸上总是浮现出甜蜜、渴望以及焦灼和忧郁的表情。她的焦灼和忧郁，来自不知何时能够返城与恋人相聚！无论她内心涌起焦灼、忧郁还是幸福和甜蜜，她都会情不自禁地拿出那只口琴轻轻地吹起来，那琴声，时而低沉晦涩，时而欢快清脆，我知道，她不是吹给我听，她是在吹给远方的那位当兵的大哥听！

后来，刘爱华返城了。她先就职于诸城县药材公司，然后返回青岛。临行时我们俩找了个时间单独见面，她把那只口琴送给了我，留作纪念。

那口琴我一直放在我的书柜里，也珍藏在我的心底。每当我看见它的时候，就会想起那段珍贵的岁月，想起那段难忘的青春，想起陪我一起走过那段岁月的他们，想起法忻，想起童毓成，想起孙晓峰，想起郭涛，想起孙建林……想起那个年代，想起那个群体。和我们当时年龄相仿的现代青年也许无法想象，无法理解“上山下乡”和“知识青年”这两个只有在中国才有的词汇的概念。

这个词汇所代表的年代，与我们这一代人的命运息息相关，并且已经成为中国历史的一部分……

（四）

在老人的琴声里我的思绪走了很远，很远……蓦然回头，我感觉老人有些倦了，也怕勾起他更多不知是幸福还是辛酸抑或是痛苦的回忆，打扰他吹琴的心境，我便向他挥挥手，表示告辞，并顺手将他临街的房门轻轻掩上。

那房门竟是自动的，只轻轻一掩，便关上了。

我又缓缓地走在那条静谧的小巷里，身后又飘起了那悠悠的琴声。

那琴声，悠扬、深远、动听，又带着些酸涩、无奈和沧桑……

老人的房门是关上了，然而，它怎么会关住那悠悠的琴声和老人那颗装载无数爱情故事的心呢！

唯青春和自己不能辜负

——关于青春的随笔之一

（一）

谁人没有青春？

青春，我们可以将它比作晨风里一枚晶莹的露珠。

露珠虽小，但它可折射出最纯净的太阳的光辉。

露珠易逝，瞬间就会被无情的风裹挟着远去，不见踪影，但正因如此才愈发显出它的珍贵。

青春，我们也可以将它比作绿波荡漾的湖泊。

但是，任何湖泊，在时光的蒸腾中也有干枯的时候。

因而，不管青春是晶莹的露珠还是绿波荡漾的湖泊，我们每一个人，都应该珍视它，更不能辜负它！

年轻的人们，以拥有青春而骄傲；年老的人们，也往往以保持着青春的状态而自豪。从这个意义上讲，青春，不仅是人生命的一个阶段，还是一种精神境界，是一种带有坐标意义的人的生命象征。

美国作家塞缪尔·厄尔曼的散文《青春》（有的翻译为《年轻》），首次在美发表时，引起全美乃至全世界的热烈反响，成千上万的读者把它抄下来当作座右铭收藏，许多老年人甚至把它作为精神支柱。

塞缪尔·厄尔曼，1840 年生于德国，后移居美国 70 岁才开始写作。《青春》一文是他用自己丰富的社会阅历和人生体验对“青春”做出的最好诠释：青春“不是年华，而是心境”，青春“是深沉的意志、恢宏的想象、炽热的情感”，青春“是生命的深泉在涌流”。

岁月悠悠，给人带来的只是面目的苍老；而精神上的年轻，则反作用于你的身体，甚至延缓你面目的苍老。

实际上，这是生理学家和心理学家共同认可的科学！

（二）

从塞缪尔·厄尔曼这篇散文里，我们可以清楚地领悟到，青春不是年华，而是心境；青春不是桃面，而是意志；青春流逝不是时光的否定，而是恢宏想象和炙热情愫的张扬再张扬；青春不再不是生命的枯竭，生命的泉水永远流淌。

在此，对那些正值青春年少或上了年纪的朋友们，我还是要不厌其烦地将塞缪尔·厄尔曼这篇散文中最值得我们汲取的精髓连同自己的粗浅理解与感悟再作赘述：

任何人，如丧失自信，必定意气如灰。

年岁增加，并非垂老；理想丢弃，方堕暮年。

青春气贯长虹，勇锐盖过怯弱，进取压倒苟安。

青春的锐气，二十后生有之，六旬男子则更多见。

悠悠岁月，衰微只及肌肤；热忱抛却，颓废必致精神萎靡。

年逾花甲也好，二八芳龄也罢，心中皆有生命之欢乐，奇迹之诱惑，拥有孩童般天真，你的生命才会久盛不衰。

人人心中皆有一架“天线”，只要你从天上接收美好、希望、欢乐、勇气和力量的信号，你就青春永驻，风华常存。

一旦“天线”倒下，锐气便被冰雪覆盖，玩世不恭、自暴自弃定会油然而生，年方二十，实已垂垂老矣；然只要竖起“天线”，捕捉乐观信号，你就有望在八十高龄时仍有一颗年轻的心。

青春既是生命里的一段时光，更是一种精神状态，这种精神状态便是充满干劲，便是充满丰富的想象力和滚烫的热血情怀。它是生命最旺盛时浓烈鲜活的创造，它是生命之源的涌泉，它又是生命旅程中最值得回忆的一段风景。

青春意味着战胜懦弱的气概和摒弃安逸的拼搏奋进，有时一个六十岁的老者比一个二十岁的青年更多一份这种劲头。

人变老不仅是岁月流逝所致，更是懒惰不思进取的结果。光阴可以在面目上留下印记，而热情之火的熄灭则会在心灵上刻下皱纹。遗憾、恐惧、缺乏自信，会扭曲人的灵魂，歪斜人的精神，并将青春化为灰烬。

无论六十岁还是二十岁，需要的都是始终保持永不衰竭的好奇心和永不熄灭的求知欲，以及对知识的渴望和对事业的追求。

谁拥有那架“天线”，谁能接收到更多世间万物传来的美好、希望、欢乐、鼓舞和力量的信息，谁就会年轻更长时间。当电台的“天线”倒塌时，谁的精神会被玩世不恭和悲观厌世的冰雪所覆盖，谁就会衰老下去，即使只有二十岁，也会变得垂垂老矣。而谁的“天线”巍然矗立，保持乐观，谁就有希望在八十岁、一百岁、甚至一百二十岁离开这个世界时仍然韶华不逝。

青春，是人们应时刻保持的一种状态，是头脑中时刻保持的一种意念，是理性思维中的创造潜力，是情感活动中的一股勃勃朝气，是人生的一缕清风。

青春，意味着甘愿放弃温馨的生活或浪漫的爱情去闯荡世界，意味着超越羞涩、怯懦和欲望的胆识与魄力。而六十岁的老人可能比二十岁的年轻人更拥有这种胆识与魄力，没有人因为时光的流逝而变得衰老，只有理想毁灭，才会出现老人。

岁月可以在皮肤上留下皱纹，却无法在灵魂上刻下痕迹。

忧虑、恐惧、缺乏自信才使人佝偻于时间尘埃之中。

无论是六十岁还是十六岁，每个人都会被未来吸引，都会对世界怀着孩子般的无穷无尽的渴望。

所以，只要勇于有梦，敢于追梦，勤于圆梦，人们就永远年轻！

所以，千万不要动不动就说自己老了，要牢牢记住，不要用自己制造的错误再来错误地引导自己！

所以，脸上的皱纹不可怕，可怕的是精神上的皱纹，要牢牢记住，在生命的舞台上，青春的大戏永远不会散场！

所以，不管年龄大小，不要轻易跟青春“拜拜”，要牢牢记住，唯青春和你自己不能辜负！

（三）

当青春的太阳照到青年人的身上时，每一个青年人都会自然而然地生发出自己的梦想，他们无不在为实现自己的梦想而做着各种努力。虽然每个人的梦想不同，或大或小、或远或近，但是每一个梦想都来自他们的内心，或是对自己的激励，或是对未来的憧憬，或是对爱情的追求，或是对事业的拼搏！

同样，当青春的太阳照到老年人的身上时，每一个老年人也会自然而然地生发出自己的梦想，他们也无不在为实现自己的梦想做着各种努力，每一个梦想也都来自他们的内心，或是年轻时候梦想的延续，或是曾经的回忆的延续，或是对时光的感悟，或是对后半生的希冀，或是对未来世界的孜孜追寻！

简言之，青春是一首昂扬的歌；青春是一幅多彩的画；青春是一个绚丽的梦；青春是一首朝气蓬勃的诗，写满了自信与豪情。无论是青年人还是老年人，都应该将青春好好珍惜、紧紧拥抱。正像散文《青春》说的那样，“无论是六十岁还是十六岁，每个人都会被未来所吸引，都会对人生中的欢乐怀着孩子般无穷无尽的渴望”。“青春”不分时段没有年限，“无论年届花甲，抑或二八芳龄”，只要心中有一架天线，从人世间接受美好、希望、欢乐、努力、勇气和力量的信号，那么你就永远拥有青春。

我有一位朋友，一位年轻的朋友，一位不是作家胜似作家的朋友，她叫繁梅，是一位优秀的财会工作者。繁梅所学专业与文学根本不搭边，工作又极其繁忙，但在几年的时间里，她却创作了大量的小说、散文、诗歌、随笔，可谓著述甚丰。凡是看过繁梅作品的人，无不惊讶，甚至禁不住要问：她是如何做到的？她靠的是什么？

纵观繁梅的作品，字里行间都散发出浓浓的文学气息，这浓浓的文学气息对人们的疑问给予了正面回答：她靠的是茶余饭后、见缝插针的写作，她靠的是对时光的不舍，她靠的是毅力和勤奋。由此，短短几年间，她就创作了上百万字的文学精品，创造出我辈乃至许多青年人仰慕的奇迹！

面对繁梅创造的奇迹，一种赞许、一种惭愧曾久久地笼罩着我的心。

繁梅之所以能创造奇迹，并非因为她是什么天才，而正是应了鲁迅先生所说的："伟大的成绩和辛勤劳动是成正比的，有一分劳动就有一分收获，日积月累，从少到多，奇迹就可以创造出来"。"哪里有天才，我是把别人喝咖啡的工夫都用在工作上的。"

我想，繁梅之所以能创造奇迹，是因为她对青春深刻理解、倍加珍惜，她的作品，既是青春的标本，又在每章每节中处处闪烁着青春的阳光。

无论青年人还是老年人，在青春面前都是平等的。

青春犹如一本书，一本自己的人生之书，当你开始珍惜青春的时候，实际上你已经开始在撰写自己的这本书了。

而你撰写这本书，并非为了被后人崇拜敬仰，而是为了让阅读你撰写的这本书的人，感悟着你的感悟，思考着你的思考，在将书合上之后，可以感叹不止又唏嘘不已，或者几度深呼吸……

我就是在几度深呼吸之后，为繁梅的《凡梅》作了序，写了一篇从我心底涌出的感言，在《凡梅》付梓之际，交给了出版社。

此序言既是为《凡梅》所写，也是为我自己所写，在此抄录如下，权作自检，也是对自己曾经在工作空闲时浪费的那些时间的谴责。

下面便是我写的序言，已随着《凡梅》的出版印在书上：

(1)

志刚兄的一个电话，我竟接受了这个也许我不该接受的任务——为《凡梅》作序。

这些年我远离文学，未出新作暂且不说，有没有足够的时间阅读《凡梅》，能否在《凡梅》付梓之前作好这个序我毫无把握。但因为有志刚兄的诚恳和厚爱，有作者本人的尊敬与执拗，我只好恭敬不如从命，以最快的速度阅读《凡梅》，以最短的时间写下自己的粗浅认识和体会，以打肿脸充胖子的胆量将自己粗浅的认识和体会当作《凡梅》一书的序言。

(2)

繁梅的《凡梅》，你可以说它有这样那样的缺憾，有这样那样的不足，但你不得不承认，这首先是一部灵气四溢、朝气蓬勃之作。

繁梅是一位青年，且是一位女青年，读中专、大学都是学的财会，所从事的工作也一直与文学无缘，能写出这么多优秀的作品，不说其文学功底如何，仅其精神，就已实实在在让人感到难能可贵！

如今，随着社会的发展，时代的进步，大部分人尤其是青年人，对现实有一种急功近利式的激情和按捺不住的躁动，而《凡梅》却体现出作者别样的恬静怡然的心态和境界，她为自己和他人制出了一件珍贵的青春标本。

（3）

对每个人来讲，青春都是美丽的。不管他所处的时代是怎样的，不管他拥有的社会地位是高或低，不管他贫穷还是富有，青春都是他生命中最宝贵的一部分，是生命旅程中最重要的一个阶段。青春，不同于幼年，可以执着于母亲温暖的怀抱而不必去顾及户外风雨大作；青春，也不同于老年，可以坐在暖洋洋的太阳下不紧不慢地于胡须间拈出往昔岁月的是是非非。

青春，是人们真正踏上社会尝试生命万般滋味的开始。也是从那一刻起，人们才能壮起胆子踏入命运的风谷中探险。年华已逝的人们往往以能保持青春的精神状态而倍感自豪，那是因为青春给了他们太多值得感悟与回忆的快乐和忧愁、幸福和痛苦；青年们往往以年轻气盛的面貌去认识社会、看待生活，那是因为他们青春的触角已经伸向了生命中的沮丧与希望、迷惘与审视。

从这个意义上讲，繁梅将平凡事、平凡人写成了《凡梅》，变成了自己青春的一种价值，变成了对生命、对社会、对世界的一种探索与展示。

（4）

繁梅的作品，字里行间仿佛都散发着一种平凡的幽香，每一篇每一章，似乎都洋溢着一种青春的朴实和美丽，清新淡雅，令人禁不住感动与沉思……

在这里，我不会也不必对《凡梅》做一番赞赏或批评，因为任何文学作品，皆仁者见仁，智者见智！

在这里，我不会也不必为自己作一番表白，讲些功底粗浅、水平有限的谦谦之词，因为实实在在，乃做人之本！

在这里，我不会也不必向作者再作一番继续努力等无谓的建议，因为作家人人可为，但非人人能为！每个人不一定非要去写书立说当作家，只要干好本职工作，在工作上有所作为，有所创新，为他人、社会做出贡献，那便是写好了自己的青春大作，写好了自己的人生大书，就是一位著述颇丰的“大作家”！

在这里，我将我为《凡梅》作序的当天晚上所发生的两则小故事笔录在此，作为本序言的结尾，以飨读者。

故事一：

二十一点三十分许，出差远在外地的朋友春晓（笔名）打电话来问我在哪里，是不是睡觉了。

我回答说：“没睡，还在办公室呢！”

她说：“这么晚了，还在办公室干什么？”

我答：“在给一位青年作者的文学集写个序！”

朋友似乎很不相信：“你不是喝酒喝醉了在说醉话吧？”

我答：“是真的！”

朋友大概相信了，却停顿了好长一段时间才问：“你给青年作者的作品作序，那你的作品什么时候让别人给你作序？”

我哑口无言，一份惭愧从心底涌出，是的，我的书什么时候请人作序或是自己作序？

放下春晓的电话，我沉思了良久……

故事二：

二十二点十分许，F兄连门都没敲就进了我的办公室，极尽干扰之能事地扯着大嗓门问："你在干什么？"

我急忙从计算机前站了起来："给一位作者的作品写个序！"

F兄："什么作品？我看看！"

我将《凡梅》打印稿拿给他。

F兄先是随意翻了翻，又从目录中选了几篇，便一屁股坐下细细地看了起来，大有打持久战之意。见此情景，我心里发急，便说："你快回家休息吧，别干扰我，我争取今晚写完！"

F兄没接我的话，仍自顾自地看。

我的确着急，便拿出烟，递给他一支，一边分散他的注意力，一边不客气地催他："别看了，别看了，快回家吧！"

F兄见我真的急了，便站了起来，手里依然拿着《凡梅》，边出门边说："我先拿回去，给我女儿看看，让她好好学学人家！"

F兄执意要将《凡梅》拿回家"给女儿看看，让女儿好好学学人家"。

学什么？我又沉思了良久……

唯青春和自己不能辜负

——关于青春的随笔之二

《唯青春和自己不能辜负》这篇关于青春的随笔写到这里时，我又想到了一个人，又想到了一本书。

这个人，不仅在诸城家喻户晓、大家耳熟能详，在潍坊市、山东省，甚至在全国的榛子产业中都是一位具有引领作用的楷模式人物，他叫魏本欣——魏榛集团董事长。

我说的这本书，是我一直构思且在多方面搜集素材并已向老魏承诺的一本书。书至今未动笔，但通过我对魏本欣粗浅的了解，他的过去、现在，已深深地感动了我。从他的身上，我看到了一个大写的“人”，看到了一部极富哲理的“诸城模式”乡村振兴的史诗，听到了一阙高亢的“唯青春与自己不能辜负”的青春之歌!

我和老魏的相知相识是递进式地感情加深，不同于一般朋友的寒暄与客气，是兄弟般的实实在在，不是一般朋友的交往而是到了走心的程度，但我的认识水平和境界，却远远达不到老魏的精神境界的高度，在他面前，我总有一种学生面对老师的感觉。

正是因为这种感觉，写老魏的那本书我至今未敢动笔，我担心自己笨拙的笔触和匮乏的语言与老魏的精神高度落差太大，与他事业的成功和他远大目标的距离太远，与他为人处事的气度和谦恭热情的做派相去甚远！

老魏的确是值得大写特写的一部大书，在他的身上充分印证着一条真理：精神的力量是无穷的！

老魏的确是值得大树特树的一个典型，他在别人认为不可能的前提下用事实向党、向人民交出了一份满分的答卷！

老魏的确是值得大赞特赞的一个榜样，他用一己之力创造出"诸城模式"的新高度，一个"诸城模式"在齐鲁大地上的新样板！

所有的奇迹都是将不可能变成可能。老魏就是一个创造奇迹的人物！而老魏创造的奇迹不仅印证着"精神的力量是无穷的"这条真理，同时还印证着老魏的青春没有句号！

六十岁，是现在普遍认同的退休年龄，而老魏就是在该退休的时候又给自己开辟了一条从零开始的创业之路，他在不辜负自己的同时，又给社会泼洒了一片启迪人生的青春之光。

老魏选择的这条创业之路，当时所有人都认为是一种冒险，是一条根本不可能成功的艰难之路！并且是最不值得的费心费力的创业之路！

老魏要在兔子不拉屎的荒山之上种榛子，种这种千百年来当地人闻所未闻的罕见干果，他想把当地人看着发愁、想着难受的穷山僻岭变成金山银山，带领当地人走上共同富裕的道路！

从老魏踏上那片山的第一天开始，没有一个人是支持他的。惊诧之余，有说他有福不享、好日子不过的，有说他自找苦吃、自找罪受的，有说他要把钱白白扔到那穷山恶水中的。两万多亩荒山，从来没种过的榛子，多大的投资？多大的风险？

然而，几年之后，他成功了，他把所有人认为的不可能变成了可能。

在这篇文章里，我无法将老魏的事迹展开呈现给读者，我只能作极其简单的介绍，并将他的两段话记录如下，让大家对他有个初步了解。

“我们所处的时代，是一个改变的时代，所以，我不想躺在已有的成就上睡大觉。我很清楚，我现有的财富，可以说几辈子都用不完。但是，还有若干农民朋友和乡亲，他们还一直徘徊在贫困线上，还一直徘徊在写满贫穷的世界里。是党的政策给予我致富的机遇和支持，当我从他们当中跳出来，拥有了比他们富裕得多的生活水平时，我不能忘记他们，更不能抛弃他们！

“诚然，党的政策对谁都是一样的，对谁都是平等的，我只不过是抓住了机遇，而那些现在不如我的农民兄弟仅仅是没有抓住或者说是错过了机遇。为此，我应该帮助他们，帮助他们再次把握时机，走出贫困，走向富裕，走向振兴！”

“乡村振兴是一个大课题，是一篇大文章，是党中央的大战略。但具体到一个人、一个企业、一个村庄、一个乡镇、一个县市如何开题，如何做好文章，如何落实，也不是那么容易的事情。

“路就是从没有路的地方踩踏出来的。是从有荆棘的地方开辟出来的。

“世上不是所有的路都是平坦笔直的大道。几年来，我在这片山上徘徊，在寸草不生的乱石间前行，在各种障碍物上攀爬，在一个个困难中艰难前行。或许是我与时代同频，或许是我对乡亲们知根知底，或许是我出门就看见那片蜿蜒起伏的山，或许是我对‘诸城模式’念念不忘——‘诸城模式’当时的核心是‘农业发展我发展，我与农民共兴衰’，所以我要改造那山，让那山变成金山银山，让那山周围的乡亲都富起来！”

老魏的话发自肺腑、掷地有声，句句字字都透着对乡亲们的真诚和情感，彰显着他对乡村振兴的企望与渴求，而他的高贵之处，就在于“一言既出，咱不要驷马难追，只要说到做到”！

在我与魏本欣相识的过程中，每次见面，他都带给我让人振奋的面貌与神采。除了他那让我震撼的事迹，除了那让我瞠目的两万亩山上的榛子，还有他那语出惊人的朴实之言和幽默之词。每一次见面，我的心里都会发出由衷的赞叹：老魏不仅是一位企业家，他也是一位哲学家，他还是一位艺术家，同时，他更是一位“唯青春和自己不能辜负” 的充满青春活力的思想家！

老魏，魏本欣，好一个魏本欣！

你是一部大书！

一只腾飞的小鸟

作者按：

本文是我的旧作，一九八五年以纪实散文的形式在省、市多家报刊发表，曾引起山东省委领导和潍坊军分区及山东省军区首长的高度关注，省委副书记、潍坊军分区政委等人都到孟疃庄家村考察过，并给予了刘本明充分肯定和高度赞扬。

时光飞逝，蓦然回首，已经过去了三十八年！

三十八年前，他不仅走进了我的工作，而且走进了我的生命，成为我人生旅程中的关注与牵挂。

三十八年后，当我再次见到他的时候，那种难以言喻的万千担忧才真正得以释然与放心，我的心底迸发出一种无法表达的由衷的喜悦和赞叹，当然也伴随着对他的艰难、努力和他经受的挫折打击的无奈与唏嘘！

他还是三十八年前的那个样子，包括他说话时的表情、语气，似乎岁月的风尘对他都无可奈何。他的脸也没有我想象中的沧桑，恰恰相反，他还是那么年轻、那么稚气，双眼还是那样富有智慧、炯炯有神！只有他那微微的驼背和头上些许的银丝，印证着他在三十八年中经历的坎坷和他心中留下的痕迹。

看着他，我想起了第一次和他见面时的情景，那是他强大的内心与我善良的内心的一次相遇，从此沧海桑田，成就了他不凡的事业，铸就了他今天的辉煌。

刘本明三十八年的心路历程和创业旅途上经历的风霜雨雪、酸甜苦辣，我将另外行文撰写。

我费了很多劲找到了发表过的那篇文章，那篇叫作《一只腾飞的小鸟》的文章，以期读者再次给予指导与雅正！

（一）

我——诸城县孟疃镇党委书记。

他——一个未曾见过面，更不知是何村的小伙子。

时间：一九八四年四月十日。

小伙子二十岁刚出头的年纪，眉宇间还透着孩子般的稚气。

我和小伙子面对面，谁也没有先开口。

此时此刻，我的心里正升腾着一股不可名状的烦躁情绪。

最近，因为干旱，村干部到镇上要油的、要电的、要求解决困难的络绎不绝。他们一到镇上，又非要见到我不可，即便我给他们解决不了什么问题，但似乎只要面对面地向我诉说他们村的旱情或其他困难他们就满足了。

唉，我深知他们的苦衷，虽然我也烦他们在我面前絮叨，但我更心疼他们！

可是，我面前的这个青年小伙子肯定不是村干部，这从他一进办公室的问话就可断定。

他一进办公室就看着我的脸问："同志，赵书记在吗？"

他这样问，说明他并不认识我，更说明他不是村干部，尽管村干部我不可能都认得过来，但他们却都认识我。再看他那个娃娃样，也不可能是干部……

这时，他看着我，眼里闪着聪慧，他用一种半试探半肯定的语气问我："您，就是赵书记吧？"

这极为平常的一句问话，几乎使我感动了，我下意识地点了点头。这不是因他那明显害羞的面庞和彬彬有礼的问话，而是因为他那双聪慧的眼睛。一般村里的群众到党委办公室，都难免有些紧张和不自然，有的甚至手足无措、语无伦次，可他，尽管有些羞态，却落落大方，竟然猜出了我便是党委书记，我不禁暗暗佩服这个青年的观察力。

"你是？"

我自己也弄不明白，我问话的声音为什么放得这么轻，仿佛是担心惊扰他。我知道，一个不相识、满脸稚气、第一次到镇党委来找书记的青年，是很敏感、很容易被"得罪"的。

没等我问下去，他便开始自我介绍，手里还下意识地倒腾着一件东西。那是一张报纸，党委办公室桌子上没有的、他随身带来的已经被揉皱了的报纸。

我就是这样认识了他——刘本明。

刘本明是庄家村人，还不满二十三岁，是三年前从本镇下坡中学毕业的学生。他长得单薄，个头不高；上身穿一件草绿色"的确凉"军便服（分明是自己做的），下身穿一条带暗格的青色裤子，半土半洋；两片微微上翘的嘴唇，稍显厚，却不觉笨。他的家里只有两口人——他和他刚十六岁的妹妹。他的父母及哥嫂都因生活所迫多年前逃荒去了东北，在黑龙江落了户。他和他妹妹之所以留下，是为了照顾他年迈的奶奶（春节后刚刚去世）。他奶奶执拗，宁愿在老家饿死也坚决不去"闯关东"。对刘本明来说，他不单是因为奶奶执拗且需要照顾，而是他认为，要说穷，走到哪里都穷，要干成点事业，哪里也不如家乡的土热，哪里也不如家乡的水甜，哪里也不如家乡的父老乡亲亲切，他的根就在庄家村，就在孟疃镇，只有在这里，心里才踏实。不然，奶奶去世之后，他和妹妹肯定会远道去投奔自己父母的。

刘本明忘不了一九八三年的除夕之夜！

那是个热闹的除夕之夜，欢快的除夕之夜。

除夕一过就是新年，就是充满希望的新的一年。

然而，那个除夕之夜，对于刘本明来说，却是个心碎的除夕之夜！

"明子，你也放鞭去！"在炕上躺了一个冬天的奶奶，支撑着身子，后背靠在薄薄的铺盖卷上，因为是过年，躺着不吉利，她才勉强坐起来。听到外面时大时小、时密时疏的鞭炮声，她便这样吩咐刘本明。

"嗯……"刘本明一边答应着，一边往外走。

刘本明走到屋外，走到离屋十米左右的那棵槐树下。那棵槐树不是很粗，树干高度也只有两三米。此时，槐树早就掉没了叶子，只剩下龙爪般的树枝往上挑着，放鞭炮正合适。

可是，刘本明没有鞭炮！

突然，邻居院内鞭炮声骤响，鞭炮爆炸的火光也在他家屋前闪，刘本明飞快地跑进屋里，摇着奶奶的手说："奶奶，我点上了，点上了！"

奶奶看着从窗子透进来的光，说："今年咱家的鞭炮格外响，格外响！明子，下饺子去吧！"

"嗯。"刘本明答应着，顺便看了一眼和奶奶睡在一盘炕上的妹妹。妹妹过了新年就十六岁了，她不稀罕鞭炮，放鞭炮是男孩子的事，而女孩子喜欢的是新衣服。尤其到过年，一件新衣服，几乎是所有女孩的梦想。当奶奶吩咐刘本明下饺子了，妹妹才起身穿衣服。她在自己平常穿的已经露出棉絮的破袄外面套了一件蓝底红花的新褂子。

这件新褂子，是刘本明腊月二十六赶孟疃大集时给她买的。

孟疃是诸城县最西边的一个自然村，也是镇政府驻地。该村较大，有三百多户人家。镇政府之所以在孟疃村，主要原因就是孟疃这个地方地理位置特殊、交通方便，是五县交界，自古就是宾客云集、商贾往来的重地。

（二）

腊月二十六的集是孟疃的一个大集，也叫年集。刘本明两手抱着一只老母鸡，随着人流挤进了供销社采购站，很快，老母鸡就变成了六元钱。刘本明将钱紧紧地攥在手里，从采购站里挤了出来。

需要买的东西太多了，可刘本明一样也不敢问。六块钱，他手里仅有六块钱。此刻，却有价值六十块、一百块钱的事情等着他去办。

他在熙熙攘攘的人流中走着，最后在一个卖衣服的摊主前停下，经过一番讨价还价，刘本明狠了狠心，用四块钱给妹妹买了那件蓝底红花的新褂子。他手里拿着那件新褂子，想着妹妹一个冬天都只穿着露出棉絮的破棉袄，心里的内疚无以言表，即使想哭，他也只能找地方偷偷哭，眼泪也只能往自己的肚子里流。

其实，所谓办年货，没有办全办不全的说法。正像过年一样，过也得过，不过也得过。刘本明深知这个道理。一件新褂子，一块钱的猪肉，一块钱的鱼，奶奶和妹妹都满意，这年货就办全了！

这就是刘本明的年，刘本明过的一九八四年的春节！

（三）

庄家村我是十分熟悉的。不仅因为它户多人多村子大，还因为这个村有一座在全镇数得着的“小二型”水库——庄家村水库。这座水库在干旱的年头存不下多少水，解决不了大问题，譬如眼下，水库的水已舍不得浇灌地里的庄稼，因为它还要维系周围十几个村庄的生活用水。从早到晚，在通往庄家村水库的路上，用肩挑水的，用车拉水的，用驴驮水的人总是来来往往、满满当当。就是这样一个村庄，它与中国的其他大部分农村一样，自然条件的限制，使贫困的幽灵总是赖在村里不走。一九七四年到一九八三年的十年间，全村社员群众劳动所得的工日值从没超过一毛钱，年终生产队的决分方案上，社员群众百分之百都是欠款户。刘本明兄妹两个，拖欠生产队的口粮款已累计六百二十多元。

在刘本明坦率地讲述了自己的身世之后，又毫不隐瞒地讲明了他到镇上找镇党委书记的目的——他要贷款！

他要找镇党委书记出面给他担保，到镇上的银行贷款八百元。

八百元，对不少农村人家来说，是一个了不得的数字；贷款八百元，对不少机关工作人员来说，在当时也是一个了不得的数字；对刘本明来说，更是一个了不得的数字。这不仅因为他是一个脸上还带着稚气、并不被人所知的农村青年，更因为他是出了名的贫困村庄家村的青年，还是一个父母不在身边的青年。他到银行贷款，银行的同志知道他没有抵押之物，便让他到村里找担保人。他找了村里的左邻右舍和村干部，没有找到一个大胆的邻居或村干部给他担保，银行的同志只能表示爱莫能助。村里的干部、街坊邻居、银行的工作人员都知道他在村里是一个不大不小的欠款户！鉴于此，谁不怀疑他的还款能力?

万般无奈，把刘本明逼上了“梁山”。他壮了壮胆子，硬着头皮跑到镇上找党委书记，希望党委书记能够给他帮助。

了解了他的情况，知道了他找我的目的，我的心里当然也怀疑他的还款能力。

他大概是看出了我的担心与疑虑，心中有些失望与不安。他瘦削的脸上布满紧张，嘴唇微微张合，似乎想说：“书记，您就放心吧，我贷的款保证能还上的！”

但是，他始终没有开口，只是往前走了两步，把手中的报纸递给了我。

我翻了一下报纸。那是一九八三年九月的一张《中国青年报》，第四版右上角“在希望的田野”栏目中登载了一篇短文《饲养鹌鹑好处多》，文章被刘本明用钢笔画了个方框框着。我心想，真难为他，半年多的时间过去了，这张报纸他还一直拿在手上，舍不得丢弃，可见这张报纸或者说这篇文章对他多重要。他指着那篇文章对我说：“书记，我就想养鹌鹑，我要贷款，就是购买鹌鹑苗。只要把第一批鹌鹑苗买进来，很快就能孵化出咱们自己的鹌鹑苗，我再把自己的鹌鹑苗卖出去，银行的贷款很快就会还清的。”

不知是报纸的作用还是他那渴求帮助与支持的目光感动了我，也或许是他脸上的稚气使人爱怜，或许是他在生活上的艰辛令人同情，我心中的担心、怀疑等一切念头顷刻间荡然无存。我抬手拿起了电话，打通了镇银行所的电话：“喂，银行吗？我是镇党委书记赵顺年，请你们辛主任来一趟镇党委办公室，我找他有事。”

在等辛主任的空隙，我和刘本明没再说话，我让他在我的对面坐下，还给他倒了一杯水。他不时抬头看看党委办公室的窗外，还不时抬头看看党委办公室的天花板。我看着他的举动，心想：不就是八百元吗？我给他当担保人，让他贷出款来养鹌鹑，成功了自不用说，万一失败了，到时他没有能力还款，我紧紧手，也能替他还得起……

正想着，孟疃银行所主任辛功云同志到了。他一看到我对面坐着的刘本明，一切都明白了。他看了看刘本明说：“刘本明你真能，还真是到镇上找党委书记了哈！”

刘本明的脸一下子憋得通红，微微上翘的厚嘴唇张了张，但没说话，只是看着辛主任，眼神充满了乞求与无奈，脸上的表情告诉辛主任：我这实在是没有办法的办法啊！

我说给刘本明当八百元贷款的担保人，辛主任就表示同意给刘本明贷款。不过，辛主任也毫不客气，他先是对刘本明很严肃地说：“刘本明，你这面子可真是够大的了，镇党委书记亲自给你担保贷款，这不仅在全镇是独一无二的，就是全诸城县，我也敢说这是独一份。咱不说赵书记对你是多么关爱多么支持，就说你，书记不说，我要跟你说清楚，到还款的时候，可别让我们找不到人了！”

刘本明感激地向辛主任表态："到时我一定还上，一定还上！"

辛主任又转过身对我说："书记你就不用多操心了，他的贷款我回去给他解决，但有个表格是需要你签字的。镇党委书记亲自给一个农村青年当保人，在全县我连听都没听过，到时他还不上贷款，可是你的责任啊！到那时，我们可就不管你是不是党委书记了，我们会来向你要钱的！"

我向辛主任点了点头，一语双关地朝着辛主任也朝着刘本明说："我的责任，我的责任！"

（四）

刘本明的贷款解决了，刘本明的"印记"在我的心里刻上了，与此同时，他贷款的"包袱"我也背上了。那不是个小"包袱"，而是个很重很大的"包袱"。事情办完之后，我有些担心，有些害怕，但我没有后悔，我觉得帮助一个农村青年创业是镇党委书记的义务，贷款到期他还不上我替他还理所应当，而我的担心和害怕，是怕到时我拿不出钱来偿还那八百元贷款。

这是我平生第一次给人作保贷款，并且是给一个第一次见面的人贷款，在现在看来八百元数额不是很大，但对那时的我来说却是一笔巨款，我那时的月工资才四十五元，我不管家也不吃不喝一年下来才刚刚到五百元。

过了一段时间，我专程到了庄家村。

我先找了村干部，除了对村里当前的工作进行了解外，还专门询问了刘本明的情况。村干部的介绍同他本人跟我谈的情况基本一致，使我更了解了，这个青年性格内向、不善言谈，但却有一股勤奋好学、勇于钻研的劲头。与此同时，我也得知，他目前的经济状况远比他向我介绍的困难得多。

在村支书的带领下，我走进了刘本明的家。

我亲眼看见，他家没有大门，没有前院，只有一个狭窄的后院和三间低矮破旧的堂屋，他和他妹妹住在被称作“过道”的南屋，他要办的“鹌鹑养殖场”，就在这三间堂屋里。

尽管他的家境让人感到寒酸，但他的好学精神和办鹌鹑场的决心与热情使我放心了，从他的身上，我似乎看到了农村青年发展的希望——这不正是与贫困告别的具体表现和行动吗？

转眼到了秋天。

事务繁杂，工作忙碌，使我把刘本明贷款养鹌鹑的事淡忘了。不料，在九月的一天，镇党委办公室突然接到了《农村大众》转来的一封来信，写信的是邹县三十七处服务公司的袁同志，信中表示她对刘本明发的关于鹌鹑、鹌鹑蛋的营养、药用价值的广告提出质疑，报社还直接派人员追究到帮助他发广告的县工商局。

看着来信，连同刘本明所发的广告，我也禁不住产生了怀疑：这么小的鹌鹑，十只加起来也不抵一只鸡大，鹌鹑蛋更是小得可怜，难道真像他说的那样神乎其神吗？刘本明在广告中写道：“鹌鹑的肉蛋味道鲜美，营养丰富，鹌鹑历来被称为‘五禽之首’，有极高的药用价值。鹌鹑肉被称为‘动物人参’，鹌鹑蛋则含有丰富的氨基酸、赖氨酸、胱氨酸和蛋氨酸等微量元素，其所含胆固醇比鸡蛋低，并且，鹌鹑蛋还含有丰富的卵磷脂、脑磷脂，这些都是人体高级神经活动需要的重要营养物质……”

这些他有理论根据吗？经过权威部门检测了吗？有检测报告或证明吗？我带着一个个问题，又专门去了一次庄家村，找到了刘本明，让他拿出了发广告的各种报刊以及不同广告词的底稿。

待我讲明来意之后，看着我担心的神情，刘本明非但没有感到意外和不安，还朝我憨厚地笑了笑，顺手从桌下搬出了厚厚的一摞书，他从中取了一本，递给我。这是一本科普书——《家庭养鹌鹑》，里面不仅详细介绍了鹌鹑的品种、习性、饲养、管理、繁殖、孵化等技术，还有几个章节是在论述鹌鹑肉、鹌鹑蛋的营养价值和药用价值，并介绍了鹌鹑肉、鹌鹑蛋的多种烹饪方法。这本书，是刘本明要送给购买他鹌鹑苗的客户的。他送书的目的，简单明了，是为了让更多的人认识鹌鹑，增加客户。

我又翻了翻刘本明其他的书，那些书中都篇幅不一地刊登着关于鹌鹑的文章或资料。这使我眼界大开，也使我明白，刘本明不是在闭门造车，更不是为了赚钱在胡诌八扯、蒙骗广大群众，他是有根据的。就这样，我也学到了一些关于鹌鹑的知识。我压根没想到，刘本明这个小伙子如此有本领，一下子将《家庭养鹌鹑》这本书订购了两千五百册，并寄给了从他手里购去鹌鹑苗和鹌鹑蛋的各地客户。

一个有心的青年呀！

我收回目光，打量了一下他的房间。

一间十多平的小屋子，是他的卧室兼办公室。墙上整整齐齐挂着一份份报纸，我数了数，足足二十五种；新买的写字台上，摆着一摞摞刊物；写字台的抽屉里，是满满的外地客户来信。他告诉我，他的鹌鹑场开业之后，已经与十六家报社取得了业务联系，报社都已经给他发了广告。目前，他每天都可以收到三四十封外地客户来信，大都是要求提供鹌鹑苗和鹌鹑蛋的，也有进行技术和市场咨询的。他对外联系的客户除了台湾、西藏，涉及其他所有省市。

我突然想到，信息，在社会发展过程中实在是太重要了！刘本明这个身不离乡、脚不出村、年纪轻轻的农村青年，之所以能眼观六路、耳听八方，把鹌鹑场办起来，靠的不正是“信息”吗？

因镇上还有其他事，我便与刘本明告辞，临走还一再叮嘱他，一定给《农村大众》报社转来的邹县袁同志的来信一个圆满的回复！

实在没有想到，就在我去他家半个多月后，《农村大众》又转来了邹县袁同志的来信，并附有一张便签，便签上写着对刘本明的批评，大意是，刘本明对人民来信的回复缺乏诚意，甚至还说人家无中生有、无理取闹，耽误他的时间，影响他的工作云云。我一看报社的便签，便让人给刘本明打电话，让他速来镇党委。

刘本明就在第一次到镇党委找我的地方，还坐在那个位置上，被我狠狠地批评了一通。刘本明认识到自己的错误，接受了我的批评，承认自己是一时冲动错怪了人家，并当着我的面给那位袁同志写回信作了检讨。

看着刘本明当着我的面给人家写回信做检讨，我想，他毕竟还是个刚刚踏上社会的青年，还是一个孩子，他处理问题不可能那么理智周到，更不可能那么世故圆滑。如果什么事情都做得世故圆滑，大概新路也就难以闯出来了！

（五）

一九八四年过去了。

一九八五年元旦刚过，就如同在赛场上刚刚完成一段赛跑，我需要回过头好好总结一年的工作，主要是经验和教训，当然还有各方面取得的成果。

这是一个镇党委书记最起码的职责。

我让秘书从经管站拿来一九八四年全镇的“万元户”登记表。

在长长的名单中，我特别想看到那个名字——刘本明。然而，他竟没有出现在这个表上。我又看了一遍，还是没有看到。我不禁有些失望。我又自我宽慰，无论工作还是生活，失望是不可避免的，就是在失望中可以孕育出一个个希望。

但不管怎样宽慰自己，我心里仍是不安，甚至生出一种刘本明不是“万元户”从哪方面都说不过去的感觉。于是，我带着秘书王连新，还约了公社党委组织委员刘忠诚，再次去了庄家村。

刘本明的家没有明显的变化，只能从他那三间草屋外面的整洁，和屋内摆得整整齐齐的一层层盛着鹌鹑的铁笼子上，看得出这里增添了新的力量。刘本明看到我们来了，从屋里迎了出来，他的身上是一套崭新的极为合身的制服，脸上溢出的喜悦加上他脚上那双闪亮的皮鞋，浑身透着一种生气。来不及寒暄，屋里就传出了一阵“咕咕咕”的鹌鹑叫声和两个女孩子的笑声。循着笑声望去，和他妹妹一起的，还有一个比妹妹高半头的姑娘，她一手端着一个小白碗，一手拿着一把小匙子，正在熟练地给笼中的鹌鹑添食。刘本明脸上泛出了一阵红晕。那姑娘像是觉察到了什么，漂亮的面庞染上了一片嫣红。还是妹妹的嘴快，几句话就说明了这是她未来的嫂子，现在是临时过来帮忙的。

知道我们是来和他算经济账的，刘本明就笑着拿出了一个大笔记本，上面详细地记录着他每月乃至每日的经济往来。我翻阅着，秘书在一边计算着：从四月到十二月中旬，他和妹妹在他们的鹌鹑场孵化室里实际操作了一百五十多个日日夜夜，共孵化出鹌鹑一万五千只，仅此一项，纯收入可达六千七百多元；他还刻苦钻研，自己研制出一种省油、省工、操作简便，专门用来孵化鹌鹑（也可孵化小鸡）的“气化灯”，仅一个月的时间，就销售二百六十十个，盈利一千五百多元。当然还有饲养过程中的各项开支，比如自制的饲料、盛装鹌鹑蛋的包装盒、饲养用的铁丝笼子等等，而最大的一笔开支，就是归还的银行贷款八百元及利息。

“你这全年到底能有多少收入呢？这个本子上还缺近一个月的账！”王连新毫不客气地问刘本明。

刘本明没有立即回答，而是拉开写字台左边的抽屉，拿出了厚厚一叠汇票给我看，他说：“这是元旦前后没顾得上去镇上邮局取款的汇票。”

王连新接过汇票，一边数，一边大体计算着汇票上的款数。数完了，共二百一十八张汇票，平均每天十七张，每天的汇款金额平均二百六十四元，到一九八四年年底，他还有五千二百八十元的收入没有入账。

看着我喜形于色的神态，刘本明也笑着对我说：“书记，您就不用算了，我今年已经是一个名副其实的‘万元户’了，明年我想有个大的发展，不是翻一番两番的问题，说不定要翻几番呢！”

接着，他简单地向我们汇报了一九八五年的计划：他已经通过镇上邮局订了七十二种报刊；准备拿出高于八四年五倍的广告费三千元，在全国范围内宣传、推广、销售鹌鹑、鹌鹑蛋和“气化灯”；他还聘请了本村一名刚毕业的高中生专门负责代他回复一年可达五千封的客户来信；待过年后开春化冻，就着手新盖五间孵化室；他还要注册一个公司，并建设像样的办公场所；同时，他还打算到济南、青岛、深圳等地考察一段时间，也已经和深圳一个公司老板沟通过，准备联合做一番其他生意……

我听着他的计划既倍感振奋又不无担心，便跟他说：“你这创业的精神可嘉，可千万要注意稳步前进哈！”

他也看出了我的担心，为了打消我的顾虑便说：“书记，你尽管放心，经过这一年的摸索，我积累了很多经验，保证不会出现问题。再者，进一步发展需要资金，银行辛主任跟我说了，只要我做出计划，他会全力支持，也不用您给担保了。”

刘本明说着，我们听着，最后他说到贷款不用书记担保时，大家都哈哈大笑起来。

这时，一只小鹌鹑不知从什么地方跳了过来，跳到了刘本明的膝盖上，刘本明将它轻轻托在手上，又放到地上。看着这只黄里带黑色小斑点的毛茸茸的小东西一跳一跳地进了屋，刘忠诚好奇地问：“怎么，这鹌鹑不会飞吗？”

刘本明笑着，指着那只正往屋里跳的小鹌鹑认真地回答说：“会飞，这是一只刚孵化出来的小鹌鹑，再过几天，它就会飞了！”

我也顺着刘本明的手指看向那只小鹌鹑，做了一个深呼吸：

啊！这是一只多么可爱而珍贵的小鸟啊，不久的将来，肯定会展翅腾飞的……

乘着诗歌的翅膀

（一）

何为诗?
答案很多很多,
以致多得让人无法确定那是不是诗。
何为诗?
答案很少很少,
以致少得让人无法确定那是不是诗。
何为诗?
仁者见仁,
智者见智。
何为诗?
文学大家有文学大家的理论,
年轻诗人有年轻诗人的诠释。
何为诗?
我说，自古至今，回答大都是抽象的!
我说，正因抽象，我才敢做如下回答:
诗，是有味道的;
诗，是有声音的;
诗，是有模样的;

诗，是长着翅膀的！

（二）

诗的味道、诗的声音、诗的模样都可以从不同形式、不同类别、不同题材、不同角度、不同韵律、不同文字的古今中外诗歌中闻到、听到、看到，唯独诗的翅膀似乎特别抽象。

其实不然，恰恰相反，诗的翅膀是最为现实、最为明确、最为具体的。

诗，真真是长着翅膀的！

正像我们从未见过凤凰，却都知道凤凰会飞一样。凤凰之所以会飞，是因为凤凰长着翅膀。

正像我们从未见过古人，却知道古人写了很多诗一样，那诗我们称为古诗，而古诗是会飞的。古诗之所以会飞，是因为古诗长着翅膀。

正像我们看不见现代诗歌的翅膀，却知道现代诗歌已经在天上飞翔一样。现代诗歌之所以会飞，是因为现代诗歌也长着翅膀！

我们回过头，遥想曾经千百年的历史，那些金戈铁马、硝烟弥漫、安居乐业、歌舞升平的场景，都有诗歌相随；

我们站在当下，亲眼看见时代的巨变，那嫦娥奔月、太空遨游、动车高铁、互联物联、强国建设的发展，都有诗歌相伴；

我们展望未来，那天下太平、无灾无难的生活也将会有诗歌相伴。

（三）

当我们心中有爱、有亲、有疼、有仇、有恨，需要一种温馨、一种慰藉、一种释放、一种理解、一种原谅、一种宽容、一种忘却、一种宣泄的时候，千百年前的诗人便会乘着诗歌的翅膀，飞过高山、飞过大川、飞过历史、飞过昨天，唱着、吟着、念着、喊着他们的诗歌来到我们的面前，与我们促膝交谈，与我们登高望远。

由此，我们不得不相信，再过千百年，那时的人们如同现在的我们一样需要一种温馨、一种慰藉、一种释放、一种理解、一种原谅、一种宽容、一种忘却、一种宣泄的时候，现在的我们也必将乘着诗歌的翅膀，唱着、吟着、念着、喊着现在的诗歌飞到他们的面前，给他们释怀，给他们信念，给他们美的享受，给他们解惑释疑，给他们勇气和力量，给他们幸福和温暖。

我百分之百地相信与肯定，到那时，依然会有许多人像现在的许多人一样，为诗歌的翅膀而赞、而唱、而奋起、而陶醉，奔向他们也不了解的新的未来！

（四）

我在一篇文章里曾经引用过一位哲人的话，他说："在这个世界上，只有音乐与上帝最近。"

此话没有明确说出音乐为什么会与"上帝"最近，更没说音乐是长着翅膀的。尽管这位哲人的话很有道理，但却不甚完整，他竟然把诗歌给忘了。我认为，诗歌也与“上帝”最近，音乐和诗歌本来就是一家，音乐和诗歌要等同起来。在此，我要说：

只有音乐和诗歌可以飞越崇山峻岭的屏障；

只有音乐和诗歌可以飞越江河湖海的阻隔；

只有音乐和诗歌可以飞越太阳月亮的相望；

只有音乐和诗歌可以飞越时间空间的沧桑；

只有音乐和诗歌可以飞越地球太空的苍茫。

在这个世界上，音乐和诗歌与“上帝”最近，因为，它们都长着翅膀！

那些古代的人能乘着诗歌的翅膀从过去飞到当下，现代的人也能乘着诗歌的翅膀从当下飞向未来，未来的人们，也会乘着诗歌的翅膀飞向另一个未来……

亲爱的朋友们，让我们乘着诗歌的翅膀，从当下飞向未来，飞向远方，飞向更远的未来吧！

美哉，诗歌的翅膀！

大哉，诗歌的翅膀！

随笔随想

（一）

年龄，是人生最重要的标志。

岁月，是人生最曼妙的风景。

走过，跑过，跌倒过，爬起过。

怨过，痴过，湮没过，奋起过。

成过，败过，教训过，体验过。

见过，经过，后悔过，希望过。

想过，悟过，糊涂过，清醒过。

爱过，恨过，痛苦过，幸福过。

把这些写出来，便是随笔！

（二）

随笔易写，有感而书，有事即记，有理就说，有悟便录，可率性而为之。没文体规定之约束，无格式要求之拘束。行文亦长亦短，可谈古论今，可家长里短，可昨日之事、明天之梦，可风雨雷电、海阔天空；亦可世态炎凉、人情世故，可家事国事，亦可工作生活！

（三）

四季更迭，昼夜不舍，一切会来，也将逝去，这便是时光；

因无而有，因有而无，成败得失，生老病死，这便唤作岁月；

一见钟情、白头偕老，也曾牵手，也曾拥抱，我途经你的绽放，你见证我的涅槃，谓之爱情；

生命无常，总有缺憾，并非无奈，而是常态，便曰人生。

时光和岁月，乃随笔之主题。

（四）

人一生最大的满足莫过于心灵的满足。

没有谁能得天独厚；

没有谁能鱼和熊掌兼得；

没有谁一生能完美无缺。

人想要的东西很多，但不能要的太多。

历史上和现在的数不清的事例充分证明，不管是谁，你得到了不该得到的，就必然会失去不该失去的！

其实，在人生的旅途上，每个人的经历，都是随笔的内容，都是生命的财富，有此，足矣！

（五）

记忆是人的本能。

这本能可使好多不可能变成可能。

某一天，本能可能变成无能。

随笔是一种功能。

这功能可使记忆延长，即延长人记忆的本能或将已经不可能的再变成可能。即便本能变成无能，随笔的功能仍然会使它成为可能，放射出璀璨之光！

（六）

随笔是个好东西！

随笔加记忆，便成了更好的东西！

随笔加记忆，是人生命的延续。

随笔加记忆，是社会历史的延续。

随笔加记忆，是未来的延续。

随笔，就广义而言，是对所有的个人、团体、组织、社会、历史及自然、政治、经济、战争、人文、生活等方面的文字记载，包括现代科技的应用；

随笔，就狭义而言，是将某时某地某人的所见、所闻、所思、所想、所悟诉诸文字的记录。

（七）

好记性永远不如勤笔头！

青春年少，用随笔把每天的工作、生活记下，待上了年纪回头看时，那将是一笔不可多得的财富，有再返青春之感。

年龄大了，用随笔把每天的工作、生活记下，待展现给未来的时候，那将是一份珍贵的礼物，生命将永远年轻。

上了年纪，就去写年轻的诗。

年岁大了，就去唱青春的歌。

记忆衰退，就快去撰写随笔。

一边写着年轻的诗，一边唱着青春的歌，一边搜索着自己的记忆写下随笔，生命就在延续，历史就在延续。

谁说人不能长生不老？

有诗，有歌，有记忆，有随笔，人不仅不老，还能返老还童、青春再现，人就会长生不老！

随笔，魅力无限！

“清明”寄语

（一）

又到一年“清明”时。
也许，那是岁月匆匆的脚步；
也许，那是时光流淌的坐标；
也许，那是游子的一次远行；
也许，那是乡愁中的一个梦魇；
也许，那是未能回老家的人们的一种心路历程；
也许，那是一年中最为明快的一个名字。

（二）

“清明”时节的鲜花；
“清明”时节的绿草；
“清明”时节的暖阳；
“清明”时节的轻烟。
“清明”时节的思绪，
“清明”时节的“纠结”。

（三）

每到一年的“清明”，我的心里便有一份“纠结”。

那份“纠结”就是我回不回都吉台，就是我能不能回都吉台！

都吉台，那是一个让我魂牵梦绕的村庄，那是我的老家。

老家是什么？

老家是我的父辈、祖辈，也许是祖先长期居住的地方；是我逢年过节时回去过的场所；是我填写履历表时一个熟悉的地理位置。

老家是什么？

老家是本家本族历史的记载，是本家本族文化的传承，是割不断理还乱的浓浓乡情，是盘根错节的亲戚关系的集聚。

老家是什么？

老家是掩埋着几代几十代祖先的地方，是一个不可知的世界，是人们口中“阴间”的专指。

其实，“老家”这个词，在概念上是很模糊的，它的定位本身就存在不少问题，并不像籍贯、出生地那样定位准确。有人说是父辈、祖辈的居住地，可他们在很多地方居住过；有人说是父辈的出生地，那父亲要是在北漂、沪漂或者是美国漂、俄罗斯漂的漂二代呢？

其实，“老家”这个词，在概念上模糊也好不模糊也好，在定位上准确也好不准确也好，对我来说都不重要。因为我的老家是都吉台，都吉台就是我的老家。

我知道，在都吉台村那厚厚的黄土下，掩埋着我的父辈、我的祖辈，还有我的兄长和村里已逝的人们！

我知道，在都吉台村那厚厚的黄土里，曾洒下过我的汗水和泪水，浸透着我诸多的情感和思念！

我知道，在都吉台那厚厚的黄土上，还有我自家的晚辈，还有全村相亲相爱的三千多名村民！

我很清楚，我即便回到都吉台，那些埋在黄土之下的亲人和村人谁也不会走出来见我的，或者说，我是怎么也见不到他们的！我能见到的，就是自家的晚辈和本村众多的老少爷们。

我很清楚，我即便回到都吉台，我能见到的，就是掩埋着众多本村老少爷们的“公墓林”里的那一堆堆黄土；见到的就是前来祭奠自家亲人的村人；见到的就是萦绕在“公墓林”里那堆黄土间的一缕缕轻烟。

我很清楚，那萦绕在“公墓林”里那堆黄土间的一缕缕轻烟，是人们对逝者的一份份情感；那一缕缕的轻烟，是人们对逝者的一丝丝怀念；那一缕缕轻烟，是人们对逝者的一阵阵哀思……

情感与怀念，哀思与追忆，诉说、编织着一个个关于“清明”的、关于自家和他家的、关于黄土之下和黄土之上的、过去的、现在的、未来的故事。

（四）

一堆黄土一部书，
一块墓碑一绝唱。
那一堆堆黄土，
构建了一座座生与死的桥。
先人在桥那边，
后人在桥这边；

桥那边是已逝的亲人，
桥这边是心中的呼唤；
桥那边是梦中的容颜，
桥这边是婆娑的泪眼；
桥那边是曾经的相拥和离开，
桥这边是当下的追忆与怀念。
这就是“清明”。
梦中的容颜，
婆娑的泪眼；
曾经的相拥和离开，
当下的追忆与怀念。
这一切，
都无法挡住春天的美丽与浪漫。
嫩草的葱绿，
柳叶的鹅黄，
盛开的鲜花，
燕子的飞翔，
草丛的虫鸣，
小鸟的欢叫，
踏青的脚步，
悠荡的秋千，
孩童的嬉闹，
大人的笑脸，
这就是“清明”。

（五）

在中华民族几千年的文明中，一年有诸多个传统节日，清明节就是重要的节日之一；在中华民族独有的已被列入世界非物质文化遗产的“二十四节气”中，有一个重要的节气也是“清明”。

由此可见，“清明”是一个特殊的日子，其特殊之处就在于：

唯“清明”既是“节气”又是“节日”，在其他二十三个节气和众多节日中，在时间上重合为一天的，只有“清明”。

“清明”的特殊还在于，在“节气”和“节日”重合为一天的时间里，既有祭奠、缅怀、追忆、哀叹、甚至恸哭的悲伤，又有踏青、赏花、远足、团聚甚至运动的欢畅。与之相关联的，还有“清明”的故事！

传统清明节，曾有第一天是“寒食”，第二天是“清明”之分，而现在，“寒食”的概念基本全无。

不管是“节气”还是“节日”，既然国家都决定这一天放假，可见这天的重要。

不管是“节气”还是“节日”，你过也得过，不过也得过，那是时光的一个节拍，时光不会等你。

事情再回到本文开头所讲的“纠结”上。

回不回老家，能不能回老家！

回，自然有回的理由与条件；不回，亦有不回的缘故与前提。

倘若距离不远，身体状况良好，有足够的时间和方便的交通工具，那么回，就是应该的。反之，就不必强求，即便有想法也不可能有办法。

世上很多事情是不能强求的。

对此，任何人都不要人为地背上思想包袱和负担。

在这里，我特别要说的是，祭祖是清明节的一件大事，但是，当你站在掩埋着你的亲人、祖先的那堆黄土前时，你的追忆和哀思也许会追溯到几年、几十年、几百年，甚至几千年之前，但我相信，除了你曾经见过的父辈、祖辈和曾祖辈之外，其他人在你的脑海里大概都是想象的。你要祭拜的，大概就是你曾经见过的父辈、祖辈和曾祖辈了，其余的族人，也只是凭你的想象在你眼前的烟雾中穿行！

当一个个“孝子贤孙”面对那一堆堆黄土或站、或跪、或鞠躬、或磕头、或倒酒、或夹菜、或焚香烧纸的时候，人们各种各样的情感都会纷至沓来，心疼的、悲伤的、怀念的、感恩的，当然，在那些祭祖的队伍中，有好多是思想复杂、捉摸不透、另有企图的，有的是在做“面子”文章，做给亲戚看，做给邻居看，做给村人看，他们根本不知道为什么要祭祖，不知道“清明节”的意义在哪里！

（六）

“一个不记得来路的民族，是没有出路的民族。”

一个民族是这样，一个人也是如此。

一个不记得来路的人，同样是没有出路的人。

“清明”，我们不仅要祭奠和追思我们的先贤，还要缅怀为国家、为民族献出生命的先烈和英雄。更重要的，是在不忘记他们的同时，把所有的情怀放在当下，感恩父母，感恩祖父母，感恩曾祖父母……

其实，长眠于地下的先人和生活在地上的后人之间有一座“相通桥”。那座“相通桥”的主体就是在亲人还活着的时候的“孝顺”，除此，再无任何“相通”。

这是中华文明体现在“清明节”这一传统节日中的精髓！

国家在“清明节”给你放假，为你创造了一个祭奠、追忆掩埋在地下的先辈的机会，实际上是在提醒你不忘先贤，更重要的是要你孝敬尚且在世的父母、祖父母、曾祖父母……不然，你的祭奠又有什么意义？

这是国家让你过“清明节”的用意！

在这里，我并没有用唯物主义或唯心主义来诠释“清明节”的意义，我只是说，从国家领导到平民百姓，从亿万富豪到贫困人群，所有人都明白：生就是生，死就是死，人死不能再活。

人活着的时候不孝敬，人死了再去装模作样焚香烧纸，纯是一种扯淡！

生和死不能对话，更无法往来。

如果能对话，如果能往来，我相信，这个世界上，所有的人都会是标准的甚至是超标准的孝子，标准的甚至是超标准的贤孙；每个人都会争着抢着去孝敬去感恩！

如果能对话，如果能往来，这个世界上，就不会有那么些不肖子孙，不会有那么些虐待父母、目无尊长的忘本之人、忘恩之人。

如果能对话，如果能往来，父母、祖父母尚在，但他们已经不同程度地老了、病了、无法自理了，他们已经到了需要关爱、需要照料，需要伺候他们吃喝拉撒的时候了，你敢不去照料，敢不去伺候，敢不守在病榻前尽你应尽的责任和义务吗？

当然，如果能对话，如果能往来，长眠于地下的父母、祖父母，他们绝对不舍得让你们驱车几十里、几百里甚至更远，踏着黄土，去点燃那些他们根本无法收到的纸钱。因为他们心疼你们，他们深爱你们，他们不舍得浪费你们的精力、时间、钱财。他们会跟你们说，即便是“清明”，你们也不要来了，你们带着你们的孩子踏春赏花去吧，人间最美四月天，你们不要辜负了这最美的四月天！

这是长辈对晚辈永远的关爱与希冀！

清明时节的天美得让人们窒息，清明时节人们的心情最为复杂。繁花似锦、绿草盈盈、十里桃花和那平日不敢触碰的、易碎的心扉，总是在这个节日里交织演绎着。黄土、荒冢、青柳、蒿莱、绿草，无语的沉思，缅怀的泪滴，点香时的祷语，焚纸时的长跪，悲恸的泣涕……其实，深爱你的父母并不希望你如此。

我说这些，并非是在为不能回老家祭祖的人们找借口，更不是在为他们推卸责任，父母对子女的爱永远是子女对父母的爱所无法企及的。

著名的英国哲学家罗素说：“人，不能生活在回忆中……不能生活在对美好的往昔的怀念或对去世的友人的哀念之中。一个人应当把心思放到未来，放到需要自己去做点什么的事情上。”

几十年后，我也将走向那个未知的世界，我想在我去世之前，给我的儿子、孙子留下我不是遗言的遗言，告诉他们，把我身上可用的器官任意摘取，去救助那些需要的人们，在每年“清明”到来的时候，不需要为我花费一分钱，不需要去买任何东西，不管他们身在哪里，也不需要赶回，只需在那天，对着影集里我的照片说一声：“爸爸（或爷爷），我们一切都很好。”我心足矣。

如果没留我的照片，我也不会在意，倘若能在“清明”这个节日里，面对蓝天，面对鲜花，让春风把“我们一切都很好”的话捎一程就行！

只有心灵才能超越千山万水，只有心灵才能超越时空，子女们从心里说出的话，我在什么地方都能听到！

我想，“清明”就是“清明”，既要“清”，还要“明”。

在这个有着多重意义的节日里，让笼罩在人们心头的凝重感、悲情尽量地少些再少些，换为愉悦的、欢快的、大气的、向上的、幸福的行动，像人家杜牧之老先生那样，在雨纷纷的“清明”时节，看见“欲断魂”的行人，依然有奔向美丽的杏花村找酒喝的豪放与对美好生活的想象和向往。

清明时节雨纷纷，路上行人欲断魂。

借问酒家何处有？牧童遥指杏花村。

看电影

——童年事略之一

（一）

我们的童年最高大上的娱乐活动莫过于看一场电影。

农村放电影是极其稀罕的大事，不仅令孩子们欢呼雀跃，大人们也都兴高采烈。

在农村放电影，我们不叫放电影，叫演电影。

在农村演电影，一般没有固定的场所，都是临时找一个比较宽敞的打麦场、村头的空地或大街等地方露天放映，有的村实在找不到地方，便在没有水的大湾里放。大湾都是圆形或椭圆形，银幕架在湾底，湾沿湾坡四周都可以看。

在一个村放映电影，不仅本村大人孩子争相观看，周围村庄的人们也会成群结队地赶来一睹为快。

演电影是当时农村最聚集人气的事情，往往人山人海。那些坐着的、蹲着的、站着的、踏着矮机高凳的，前边的挡着后边的，后边的又挡着再后边的，几乎场场电影都如此。为了抢占看电影的最佳位置，有些大人不顾脸面竟和孩子们发生争抢，有的甚至早就把凳子拿到放映场地占位子，还有的来不及拿凳子，便搬上一些砖头石块围起圈来，以示这个地方已经有人。

在村里看电影的最佳位置莫过于紧靠电影放映机的最前边。为了抢占这个地方，这周围往往板凳、砖头、石块一堆，摆得满满当当，以致电影放映机都没地方安，电影放映员只好找村里的干部给做工作腾地方。电影放映前或放映过程中，由于看电影的人太多，前边的坐着，后边的站着，再后边的就要站在凳子上，如果后边的人站不稳从凳子上歪下来或者后边又有了新来的往前挤，整个放映场就会出现人挤人、人压人的波动与混乱，有时还如同波浪此起彼伏，被踩、被碰、被撞倒的事情时有发生，这时候，村里的治安主任或民兵连长就会手握一根很长的竹竿打场子、压场子，以镇住或稳住那些往前挤的人们。

那时在村里放电影都是由县电影公司下派电影放映队直接到村里放映。一个电影放映队一般三个人，因为所有的村都没有电，电影放映队必须带着发电机自行发电放映。这样就需要一人看发电机，一人放映，再有一人负责倒片。因为在这村放映结束发电机便要停下，以节省汽油，因此只有等到在另一村再次放映时发起电才能把放过的电影胶片正过来，这项工作一般由电影放映队队长负责。

电影放映队到村里放电影，当然不是天天放，哪个村也没这个条件和待遇，而是要相隔很长时间才能来一次。像我们都吉台这样三千多人口的大村，最勤的时候也要一个月来放一次电影，有时也会相隔几个月，而那些比较小的村庄一年当中总共放不了三两次，更可怜的是坐落在穷乡僻壤只有几十户人家的小山庄，一两年都轮不上电影放映队光顾他们。这种最具现代文明意义的电影艺术与他们的距离很远很远，银幕里边和外边的文化甘霖只在他们村庄的上空徘徊，迟迟难以降落。我生在都吉台这样的大村子里是我的福气，并且我经常以此作为自豪与骄傲的资本，还常常以自我感觉良好的狭隘认识认为我肯定要比那些生在山沟里的孩子们见多识广，这个见多识广最重要并且唯一的标志无非就是比他们多看了几场电影。但是，即便我们已经比山里的孩子们多看了几场电影，可心里还是很不满足，那间隔一个月甚至更长的时间能在自己村里看的电影对于我们来说根本就不解渴或者说是杯水车薪，而且一个月或两个月看一次电影还直接“引”出了我们看电影的“馋虫”。那想看电影的“馋虫”一旦被“引”出来，我们就会急得坐立不安、抓耳挠腮。于是，我们就把目光投向了都吉台之外的其他村庄，到处打听周围的村庄什么时候演电影。我们只要打听到哪个村里要演电影，便不吃饭不睡觉——口渴得嗓子眼里往外冒烟也顾不上找水喝，瞒着大人们跑到几里、十几里之外的村庄寻找电影放映的声音和那想想都心潮澎湃的电影银幕，以饱眼福。

我们跑到外村看电影当然不是一个人擅自行动，而是有一支有组织有领导的队伍。这支队伍是从我们兄弟十人中挑选了四人组成。其实不是挑选而是自然形成。年龄比我们大的兄长们根本不“摆”我们，而年龄比我们小的弟弟们我们又不“摆”他们，其余晚辈即便年龄相仿也不能成为这支队伍的“主力”。我们在辈分要求上泾渭分明，侄子辈或再下一辈从辈分上讲就跟我们不是一个“级别”。有时特殊情况出现，我们也会临时叫上他们参加某项行动，平常他们只能作为后备力量根据需要招之即来、不招不来，我们一般也不招。我是这支队伍中年龄最小、个子最矮的，是在经过那年正月初三从乔戈庄二姑家往回走时遇到风雪而我没掉队的考验加上我苦苦哀求之后才被红年批准加入的。我们这支队伍一直在年龄最大、说话最硬、担任最高指挥的红年的率领下干些鸡飞狗跳、牛嚎猪叫、上墙爬屋打蛤蟆的勾当。有机会也干些大人能干的活，最大的一次活就是到河里捞“浮柴”。

在人的生命历程中，有好多事情看似风马牛不相及，实际上都是有联系的。联系是世界上所有的事物存在和运动所固有的、不以人的意识为转移的客观规律。这是我后来学哲学时最感兴趣的唯物辩证法的核心观点之一。但在当时，我们谁都没想到也不可能想到捞“浮柴”竟能与看电影扯上关系，当然更不懂什么是唯物辩证法。

“浮柴”是发大水时从上游的某些地方被水冲下来的树枝、树叶、杂草等，一般都是已经晒干的，有时还有较粗的木棍。这些东西从河里捞出来再晒干可以继续烧火做饭。因为它们都是漂在水面上的，所以叫作“浮柴”。

那天，我们村的南河发大水，河的上游雨下得特别大，而我们这里的雨就下了一阵子。在我们这里下雨的那阵子，我们四个人正牵着三头牛在河边放。那牛是生产队的，我们放牛是为了挣工分。放一天牛回来，饲养员便会看看牛肚子上边的“食欠”是否平起来，只要平起来就说明放牛放得很好，牛吃饱了，饲养员就会给记上三个工分，平不起来说明你放得不好，牛没吃饱，就给你记两个工分。饲养员给放牛人所记的工分和给生产队里干活的大人所记的工分是一样的价值，到时候饲养员就会拿着他给放牛人记的工分到生产队记工员和会计那里报账汇总。饲养员给放牛人记工分三分是上限，因为一个整劳力干一天重活最高才记十分。

那场雨来的时候，为了让牛吃饱不让饲养员扣我们的工分，我们没有把牛牵到淋不着的地方躲雨，而是让它们在雨中淋着继续吃草，我们则蹲在牛肚子底下避雨。雨停了，我们就看见河里从上游漂下来很多“浮柴”，那“浮柴”被急流涌到了河对岸流速慢的水面上。漂浮在流速很慢的水面上的“浮柴”像是故意引导我们去捞。我们的家里都缺柴火，见此情况，红年就说：“都看见了吧？河对面那么些‘浮柴’漂着不走，意思就是让我们去捞的。我们这就凫水过去，把那些‘浮柴’全部捞出来拿回家晒晒烧火！”

我们村南河的水平日里清澈透亮，一眼就可以看到河底的黄沙和游弋在水中的小鱼，那黄沙在河底随着河水流淌产生的细小波浪在阳光下闪着金光，那些游弋在水中的小鱼如同空中的飞燕一样自由翱翔，为南河平添一份少女的妩媚与温情。也许就是因为南河那少女般的妩媚与温情，我们从来都不称它为南河，更不叫它另一个名字荆河，而是说“我们的南河”。我们与“我们的南河”最密切的关系就是我们在河里跳水、游泳，有时也拿鱼、捉虾、摸蛤蜊，那金光闪闪的沙子里埋着的米蛤蜊奇鲜无比。南河最深的地方叫作“岗子泥湾”，那里从河岸到河底的泥与河两岸其他地方的泥质量与颜色不同，既黏又黑，因此人们就叫它“岗子泥”，面积五十平方米左右。那个地方最高，在长长的河岸上如同平地凸起的小山岗，河水从南往北到了这里又拐弯向东，是个水流“拐点”，这“拐点”就成了湾状的蓄水存水之地，所以被称为“岗子泥湾”。我们下河从来都不经其他地方也不是慢慢地走进河里，而是站在“岗子泥湾”那个最高的岗顶往下跳。那里的水深得够不着底，我们往下跳的姿势没有后来见过的跳水运动员在跳板上跳水的姿势的标准与优雅，而是笨拙而丑陋。经过长时间的锻炼和摸索我们也总结出了一个自认为很了不起的姿势，就是站在“岗子泥湾”的陡坡上借着胳膊前后甩的甩力“扑通”跳到水里，陡坡很陡，水又深，我们跳到水里的时候也像跳水运动员跳到水池里那样沉到水底好长时间才露出水面。那个我们经常跳水的岗子西侧有一个突然矮下来的通道，通道的水浅且没有陡坡，是大人们和牲口经常走的地方。但是只要河里发大水，通道的水就会涨满，一直涨到村南边的大坝上。这个通道里长着乱七八糟的杂草和柳树棵子、刺槐茬子以及刺槐茬子长出的类似于灌木的带刺的粗枝细条，导致河里只要发大水通道就无法通行。

我们牵着牛顺着那个通道转了大半圈也没找到合适的下河的地方，最后就站在了“岗子泥湾”我们经常跳水的岗子顶上。由于水大，水面离岗子顶部只有一米左右的高度，其他的河岸都看不见了。按照我们往常的水性，我们要到河里去，根本就不用往下跳，而是向前一趴就可以进入河中，而现在面前却是发着大水的洪流。本来清亮的河水已变得浑浊，黄色的旋涡一个追着一个，对面岸边漂浮的“浮柴”似乎在向我们发出召唤，它们随着河水来回晃动，如不快去捞，也许马上会被冲走。我们知道，那些“浮柴”是被河对面生长的柳树棵子和杨树的树干挡住的，柳树棵子已经全部被水淹没，树梢都看不见了，只有杨树还露着头。如不赶紧把它们捞出来，河水再往上一涨，它们百分之百会被全部冲走。这时，我们都看向红年。只见红年眯起他那颇具特点的小眼睛朝对面看了看，然后对我们说:“咱们就从这‘岗子泥湾’的崖头上下河吧，就朝着那棵叶子发黑的杨树使劲游过去，那些‘浮柴’就都是咱们的了。”

我们三人都没回答红年的话，从面部表情上我明显看出东年和明年的心里正在打怵，那河水撞到崖头激起的浪花溅到了我们的脚上，我们还听见流水最急的河中心浪头与旋涡拍打着发出的哗哗声。而我，更是心里打怵，对红年说：“三哥，这么大的水，我不敢下去，一下去肯定就被水冲走了，我害怕！”

明年也接着说：“这水是太大了，咱还没见过这么大的河水，咱不去捞那‘浮柴’了吧？”

红年就朝我和明年看了看，又看了看东年，接着问：“东年，你觉着能不能过去？”

东年毕竟比我和明年大，我们俩打怵害怕，如果他也打怵害怕，那就显不出他的大来，听到红年这样一问，他便说：“你能过去我就能过去！”

红年又看着我和明年，看样子是在想点子。

关键时候，往往会出现偶然。而偶然的出现，往往会改变某些事情发展的轨迹或一个人乃至多个人的命运，当然，我不是说我们遇到了什么偶然，我是说正当红年看着我和明年不知在想什么点子的时候，我牵着的那头牛也不知看见了什么，竟大叫了一声。牛一叫，提醒了红年，他很是兴奋地说：“好了，你们都别害怕了，我有个好办法，咱们都到河那边去捞‘浮柴’。”

我们一听，根本不信，但红年这样说，肯定是想出了办法，我便问：“三哥，孙悟空过流沙河连唐三藏都背不动，你不可能把我们背过河吧？”

红年非常认真严肃地对我们说：“你们都长起胆子来，别朝着河水打怵，就一定能过去。”

我说：“说不害怕还是害怕，就是不害怕也过不去。”

红年又说：“关键是这个办法好！”

我们三个人都看着他，问：“什么办法？”

红年说：“你们三个人都缒着牛尾巴，一人缒一头牛的，让牛拖着你们过河，河水再大也冲不走，我自己就能游过去，怎么样？”

（二）

红年提出缒着牛尾巴过河的想法开始把我们惊得一愣，但我们又一想，觉着不无道理，便把目光投向了那三头牛，开始想如何缒着它们的尾巴过河。

那三头牛是我们牵到村外放的固定对象，用现在的话说就是固定“客户”，饲养员只要说今天可以放牛，别的牛我们不放就放那三头。把生产队的牲口带到坡里放，是当时农村的普遍现象，主力军是基本上还不能干农活的半大孩子，有时农活轻松的时候大人也去放，主要是为了节省饲料还能让牛吃到新鲜的青草，那时坡里、地上、河崖边的青草包括树叶都少有农药，是牲口的美食。生产队里有十几头牛，还有驴、骡和马等，谁放什么、谁放哪个饲养员都很有数，也算是那个人与那头牲口之间形成的一种联系，因为人与牲口之间也有个相互熟悉的过程，熟了就有感情。就像我们放那三头牛，就放出了感情，有了感情我们就用心放，被放的牛也很听话，既能放好牛还出不了危险。这三头牛中，那头大黄犍子性子极烈，但是在经过了一次“斗争”和一段时间的磨合后，它竟和我们有了感情，变得温驯听话。那是第一次我们把它牵出去到南河南岸放的时候发生的一件事情。从南河南岸那片金黄色的沙滩再往南走，穿过一棵棵的柳树，便是一片鲜嫩的绿草地。在朝那片绿草地走时，因为是沙滩，我和明年都爬到了那两头很听话的牛背上骑着牛往前走，走了没多远，就听到后边“哎哟”一声，我们回头看时，红年已经被那头大黄犍子顶翻在沙滩上，那牛正追着东年跑。原来是红年想上去骑它，还没爬上去，就被那大黄犍子一头顶倒在沙滩上，见它还要继续顶，东年拿着一根柳树枝朝着牛脸就抽了起来，那牛又转过身来追赶东年要顶东年。我和明年赶紧从牛背上下来，想拦又不敢靠前，便把那两头老实的牛横着牵过来，想让这两头牛把它挡住。那大黄犍子见自己的同类试图拦它，便把头一低意图冲过去。活该它倒霉，就在它低头的时候，它前边的蹄子正踩在拴在它鼻子上的缰绳上，那缰绳不偏不倚，正好勒进了它那两瓣蹄子的中间，加上它冲劲太猛，一下子把自己扭倒了。我们四个人一齐上去，摁头的摁头，拽缰绳的拽缰绳，红年又折了一根比较粗的柳树条子，从牛头到牛背一阵乱打乱抽。那头大黄犍子开始还挣扎，无奈那缰绳在它的蹄子缝里越勒越紧，最后它的头和蹄子几乎凑到了一起。我们一直打得累了才住手，看它自己没法爬起来，红年才上前把缰绳从牛蹄子缝里拽出来。红年还摸了摸它的脸，又整理了一下牛鼻子上的鼻环。那头牛站起来的时候，立即变得老实温驯了许多。也就是从那时候开始，不论我们谁往它身上爬它都站着一动不动，扳它的角也让扳，缒它的尾巴也老老实实，待你爬到它背上之后，它便按照你的指挥前行。

我们选择这三头牛由我们负责放，它们还听从指挥并老老实实让我们骑在背上，是经过了斗争和努力才实现的，应该说是我们的一个胜利。

当我们把那三头牛往河边牵，牵到“岗子泥湾”崖头上时，那牛看着滔滔的河水大概也很害怕，叫它往前走便怎么也不走了，红年就有些发急，大声对东年说：“东年，你先下，你缒着大黄犍子尾巴，我们往下赶牛，只要这大黄犍子下去了，那两头牛也就不害怕了。”

于是，东年就双手缒着大黄犍子的尾巴，红年在前边牵着，明年又折了一根较粗的树枝，在牛头前比画了比画，示意不往前走就要挨打。红年在前边用力往前拉，我和明年在后边连打带吆喝，那大黄犍子终于走到了河边，不知是它自己主动往河里跳还是前边的牛蹄子没踩住，扑通一声就掉进了河里，缒着牛尾巴的东年也嗽的一声跟着牛掉了下去，牛和东年全部沉到了河底。

看不见牛和东年的那一刹那，红年的脸色变得煞白，我和明年也张大了嘴巴。可很快，我们看见大黄犍子的头和东年的头几乎同时露出了水面，红年的脸色也变了回来，我和明年的嘴也不再张着了。我们的眼睛紧盯着大黄犍子和东年，还看见东年在牛腚后边甩头，我们知道那是习惯性地在甩掉脸上和头发上的水，而他的手在水下紧紧地缒着牛尾巴我们想看也看不见，只能看见那牛仰着头慌乱地往前扒。终于，那牛把东年拖到了河的对岸。待东年在河对岸松开拽着牛尾巴的双手站起来的时候，红年大声问道："东年，怎么样？"

东年把双手聚成喇叭状朝我们大声回答说："很好！一点也不用使劲，只要缒紧牛尾巴就行！"

东年缒着牛尾巴顺利过河，不仅增强了我和明年的信心，另外两头牛也好像领会了大黄犍子是在给它们做示范，它们有了学习的榜样。而最开心的是红年，他感到了自己的正确并且有了发大水时渡南河的经验。

明年第二个缒着牛尾巴过河。红年嘱咐说："那牛走到河沿就要下河的时候，要赶紧憋住一口气，要憋到头露出水面时再喘气，喘气也要张开嘴用嘴喘，不要用鼻子，别叫水呛着。

两只手要紧紧地拽住牛尾巴，一定不要松开，一松开就被河水冲走了！”

明年答应着。红年在前边牵着牛，我在后边赶，那牛就很听话地往河沿走，到了河边，红年只朝它喊了一声“下”，那牛就扑通一声掉进了河里，紧接着明年也掉进了河里。一直等到明年在河里露出头，拽着牛尾巴到了河那边站起来之后，才轮到我过河。

尽管有了东年和明年过河的试验，我心里还是相当紧张与害怕。当红年牵着牛往河边走的时候，我早就抓住了牛尾巴。那牛到了河边，红年就朝我和牛大喝一声：“憋气！下！”

我还没来得及憋气，就被牛拖着扑通掉进了河里。那一刻我头脑清醒，只觉得身子急剧下沉，也不知离河底还有多远，就又被牛拖了上来，我的头还没露出水面，嘴就被河水的力量冲开了，河水带着泥沙冲进了我的嘴里，我不由自主地咕咚咕咚咽下了几口。咽那几口带着泥沙的河水时，我好像还尝到了牛身上那种我们闻惯了的牛骚味。

红年一直看着我到了河对面站起来了，他才跳进河里，凭着自身的力量渡过了发着大水的南河。

我们兄弟四人除去放牛，最大、最正经的集体活动就是每年的正月初三一起去乔戈庄看二姑。乔戈庄在都吉台的正南方向，也就在“我们的南河”往南十里路左右的地方，中间还有道丘陵。二姑是我们代表父辈和兄长走的最重要的一门亲戚。二姑是我们同一个爷爷的所有兄弟姐妹的亲二大，在血缘关系上是一样的。为了不给二姑增加麻烦，我们就把看二姑的时间进行了统一，每到正月初三就集体行动，不能你今天来我明天去，这也为我们这支队伍最初的形成与建立奠定了基础，因为我们四人分别代表着我的父亲、我的二大大、我的三婶娘和我的四叔，我们父辈的兄弟四个。我的四叔没有后人，去看二姑时都是由东年代表，为的是让二姑开心高兴。

能够行动统一、步调一致去看二姑，还有一个重要原因就是二姑家的洪恩表兄时任村支部书记。村支部书记不仅是一个村里的最高领导，关键还是本村、外村、公社乃至县里的相关单位的活动与事务的决策人物。洪恩表兄虽然是村里的支部书记，但他别的事情我们一概不闻不问不关心，我们关心的就是他有条件主动邀请县电影放映队到他们村里演电影。县电影放映队到村里放电影全是免费，充其量就是管放映人员吃顿饭，并且都是按照标准交粮票和钱。通过我们的了解，表兄还真是专门多要了两场电影。凡在二姑村里演电影，表兄就会想方设法捎信给我们并且不用我们早去占地方，表兄会安排专人给我们占好地方，实际上是搞了特权。

在二姑村里看电影比在我们自己村里看电影还方便省劲是我们最深刻的体会。还有一个特殊的情况是我们还会以看电影的名义故意提早去二姑家，提早去的目的就是为了吃一顿表嫂做的好饭。那好饭也没有水饺、面条、馒头那么高档，但总比在家里啃地瓜、吃地瓜干要好很多，最起码能吃个地瓜干煎饼或玉米面掺地瓜面蒸的窝窝头。表嫂蒸窝窝头的时候，还总是从咸菜瓮里捞出个自己腌的咸菜疙瘩切碎盛在碗里，然后打上一个鸡蛋搅匀与窝窝头一起蒸熟。表嫂往咸菜碗里打鸡蛋的时候，我们恨不能她打两个，可我们都不敢也不好意思提此要求。那窝窝头就着鸡蛋蒸的咸菜疙瘩奇香无比。我们表嫂人长得漂亮动人，说话热情好听，我们都感觉表嫂是这个世界上最可亲、最可爱、最美丽的表嫂。

看二姑是我们每年正月的大事也是重要活动，率领我们办好这一大事的“头儿”也是红年。红年是我二大大家的叔兄弟，二大大五个儿子，红年在兄弟五个中排行为三，东年第四，而明年哥哥是我三婶娘家两兄弟中的老大，还有个兄弟常年比我还小，他和那些姊妹们以及我们的侄子辈的人都不够资格参加我们这支队伍。因此，我们这支队伍的主要力量就是红年、东年、明年、顺年四个人，我们还大言不惭地称自己为“四方面军”。我们这支号称“四方面军”的队伍的主要成员，按年龄排列，红年那时最大，十一岁；其次是东年，九岁；明年八岁，顺年七岁。别看我们只是这样一支队伍，却几乎天天晚上有“行动”，有“战斗”。我们的“行动”和“战斗”主要是看电影。为了看电影，我们曾经脚踏浯河荆河，如游击队般活跃在半径十里左右的十几个村庄中，南有彭戈庄、朱苏铺、乔戈庄，北有临浯、小石埠、高家庄，东有赵家庄子、小坡村和东、西、中三个城阳，西有石桥子、后牛市王家、胡家俩西院和一溜近戈庄。红年说他在这些地方不仅安插了暗哨，还有侦探随时提供哪村要演电影哪庄要唱戏的消息。其实他只是注意采集消息，所谓暗哨和侦探都是用来哄我们的，借以显示他比我们能耐。那时的我们根本不知电话为何物，手机更是闻所未闻。红年的消息主要来源于道听途说和主动打听。因我们年龄太小，问及路上行人即便人家掌握信息也不会轻易告诉我们，人家担心告诉我们哪里有电影我们果真要去看，一旦迷了路或掉到河里、湾里那就会惹来大麻烦，殊不知我们最不害怕的就是河水和湾水，我们的水性好像是天生的，是在湾里河里泡大的。

红年的岁数大，路上行人也愿意跟他说，但他得到的消息十有八九都是虚假的。有时行人故意逗他，当他问及哪里演电影时，行人随便说出个村的名字，他便如获至宝，立即通知并组织我们前去观看，我们便家不回饭不吃立即奔赴看电影的“战场”。有时因情报不准，我们连续三个晚上都扑空，扑空我们也从来没有怨言反而更加锲而不舍、意志坚定、斗志昂扬。

农村文化的贫乏和电影对我们的诱惑使我们练就了一双踏荆踩棘的铁脚板，赤脚走夜路来回一二十里根本不在话下。这样时间长了，尤其是红年带领我们下湾跳河到处玩要从没出现过危险，他便得到了我的父亲、二大大和三婶娘的信任，红年也就理所当然成了我们的孩子“头儿”。白天不用说，夜里我们回家再晚，大人们也从来不闻不问。这样，我们活动的范围便更加宽广，时间便更加自由，胆量也更大了，有时会夜不归宿，在生产队的麦垛里过夜。

为了保险，我们的行动总是被红年要求对大人们保密，并处处提高警惕不让他们知道我们在干什么，不让他们发现我们行动的踪迹。

（三）

有一次得到消息，大近戈庄晚上演电影。

正是吃晚饭的当口，我们就听到红年发出了紧急集合的“号令”。

红年发紧急集合的号令是用他的那支竹笛。他用那支笛子吹奏《大海航行靠舵手》那首歌。那首歌我们都会唱，但我们不懂曲子，红年会。一旦听到他用笛子吹这支曲子，我们就知道红年在要求我们紧急集合，这是早就规定好了的。这个笛声和曲子，是我们必须立刻集合的命令，即使正在吃饭也要放下饭碗赶紧跑到集合地点。

红年的那支笛子如同我们在电影里看到的司号员拿着的那支号，相当于最高首长下达命令的喇叭，我们村的民兵连就有两支，但红年想吹也落不着吹，就像他手里的笛子我们想拿到手里看看他都不让。他对他的笛子视若珍宝，有几次趁他出去干活我们想找出来看看，以解开“这么根小竹子上边就几个小眼怎么一吹还会唱歌”这一存于我们心里好长时间的疑惑。但我们要想找到红年的那支笛子却非易事，他总是把他的笛子藏得极其隐蔽令我们三人束手无策。后来我们问他到底藏在哪里，他坚决不说并故弄玄虚地告诉我们：“我那笛子就是孙悟空的金箍棒，我不吹的时候就让它变成一根比绣花针还小的针放到我的耳朵眼里，需要吹的时候再从耳朵眼里抠出来，你们就是再有本事，这笛子也是找不到的！”

我们便偷偷窥视，以期能找到红年那支笛子。

机会来了，拿着笛子的红年被二大大喊着去生产队里借个小推车推垫栏土，推土红年不行，空车推回家没问题，我们还不行。红年接受了二大大的命令，只见他在二大大家西窗外的磨旮旯里转了一圈，手里笛子便不见了，然后小跑着去了生产队。我们三个人那时正躲在二大大家大门口过道的西耳房里偷看红年，他根本不知道。见他出去借空车子了，我们便不约而同一齐拥进磨旮旯，来回转了三圈也没有发现他藏笛子的地方，东年还弯腰朝磨盘底下的鸡窝里望，但差点被鸡窝里的鸡屎味臭倒。我们又把目光投向了磨旮旯南边的一个麦秸垛。那笛子是红年顺着麦秸插进去的，我们又不可能一根根地插进手去摸。红年去生产队借小推车的时间我们大体有数，很担心他推着小车回来发现我们在找他的笛子，便十分着急地胡翻乱找。这一乱不要紧，那个麦秸垛一下子被我们推倒了，麦秸秆子骨碌碌滚满了磨旮旯，有几个还从磨旮旯滚到了大门口。二大大听到动静从屋里出来，我们吓得拔腿就跑，跑出老远还听得到身后二大大严厉的“怒吼”声。

听到红年发出紧急集合的“号令”，我把饭碗一放拔腿就往外走，父亲问：“饭没吃完就往外跑，去干什么？”

我一边说着“有事”一边跑出了家门，到了我们紧急集合的固定地点——村西头的碾棚。

村西头的碾棚就在我一个兄长庆年大哥家的大门口东边，曾为村子西头的老少爷们忠心耿耿地服务了很多年。那偌大的碾砣子和碾盘曾碾碎过高粱、玉米、谷子、地瓜干等粗粮，困难时期更是碾碎了无数的地瓜秧子、玉米秆、玉米骨头和豆秸以及榆树皮、柳树皮等为人们充饥。在吃不饱肚子的年月里，那盘碾默默无闻地奉献并因此受到了尊重，为了能够有粮食让孩子吃饱肚子，有的人家便图吉利在碾前焚香烧纸，让孩子拜那盘碾为“干爷”或“干娘”。

我们跑到碾棚前集合完毕后，红年便有些抱歉并自责地说：“今天晚上大近戈庄演电影的消息来得突然，咱们都不要吃饭了，赶紧往那儿走，要不电影就演完了！”

我们一听要去看电影当然没有异议，便跟在红年的身后小跑着直奔大近戈庄。

当我们跑到大近戈庄村头，还不知电影放映的场地在村里什么地方的时候，就听到了电影放映的喇叭声。我们心里更加着急，便顺着喇叭的声音急乎乎地找那电影放映的场地。当我们看到电影银幕的时候，电影已经开演了很长时间。大近戈庄演电影不像我们村演电影在一个固定的地方。我们村演电影都是在大队办公室前边的大院里，那个大院之大是全县所有的村庄都没有的，可容纳数千人在这个院子里看电影或看戏，这是后来我担任县委书记的秘书时几乎走遍了全县一千三百余个村庄得出来的结论。大近戈庄虽然也不算小，但演电影只能是在场院里或大街上，且每一次都换一个地方。这天晚上大近戈庄演电影就在村里最宽的一条南北大街上，我们从正面赶到的时候，满大街的人已经挤得水泄不通。我们站在大街的最北头，前边还有一片站着看电影的大人或孩子，有的踏着凳子，有的踩着石头，还有的趴在路边住户的墙头上。我们的个子又小又矮，就是红年也高不过那些大人。我们从人缝里往前看，只能看见很小的银幕上影影绰绰的东西在晃动，在村外能听见电影放映的声音，到了现场反而听不见了。我们因看不清听不明而焦急，还是红年明白，他说："咱们在这里看不清，干脆到背面吧，从后边看一个样。"

我们便从人缝里钻出来，又转了两条街，才绕到电影银幕的背面。

银幕的背面也站着、坐着许多人，但没那么拥挤，我们利用自己身小个矮的条件和优势，顺着人缝又拱又钻，终于到了前头。在银幕的背面看电影所有的图像都模模糊糊还是反的，我们只能听声音，也不能站着，只要一站就会挡着后边人的视线，招来大声呵斥："坐下！"

我们只能席地而坐。刚下过雨不久的地面潮湿发凉，红年就小声道："脱下鞋来坐着！"

我们哪里还有鞋可坐？因为走得太急，东年、明年和我三个人都是赤脚跑来的，穿着鞋的只有红年。红年这才发现我们都没穿鞋，他就把自己的鞋脱下来，给了我和明年每人一只。那电影看了大约半个小时，就听放映队的人从挂在银幕两边的喇叭里宣布电影放映结束。我们看的时间太短，又是半路插进来看的，电影的名字都不知道，内容更是没看出个一二三。放映队的人一宣布电影放映结束，挂在放映机那里的两个电灯泡也随之熄灭，吊在两根木杆子上的银幕和喇叭也唰地被卸了下来，整条大街上漆黑一片，银幕前边和后边看电影的人们便南来北往地挤起来，因为挤得太紧，红年就随口问身边的人电影叫什么名字，那人被挤得很不耐烦地说："你看一场电影连电影名字都不知道，那你看了些什么？"

红年被挤得喘着粗气解释说："我们来晚了，没看见电影的名字。"

那人便没好气地说："《英雄虎胆》。"

只听见电影名字叫《英雄虎胆》，但电影是什么事、英雄虎胆是什么东西我们一无所知，红年也不敢再问，便领着我们往外挤。

我怕被人挤得和哥哥们散了，找不到回家的路，站起来的时候竟忘记了顺手拿着腚底下坐着的红年的那只鞋，而是双手紧拽着明年的衣服角，就怕掉了队。街上很黑，我们就随着此起彼伏的嘈杂声音身不由己地被挤出了村庄。出了村庄的那段路，仍然人声嘈杂，大近戈庄村东的好几个村庄都有来看电影的，路上依然拥挤，还有一拨拨男男女女从我们身边擦肩而过走到了我们前头。好不容易拐了弯走上通往都吉台的路时，路上的人明显少了，我这才放心地松开始终紧抓着的明年的衣裳角。明年把提在手里的另一只鞋让红年穿，这时我才想起我坐在腚底下的红年的那只鞋竟然忘在了看电影的地方，头轰的一下，我知道我犯了严重的错误，便十分害怕地对红年说："三哥，我坐着的那只鞋掉了！"

红年一听鞋掉了，立即就停下了脚步问："在哪里掉的？"

我说："就是我们看电影坐着的那个地方，站起来的时候我忘了拿！"

红年一停，东年、明年也都停下了。只听红年果断地说："走，快回去找！"

我们是跑着往回找红年的那只鞋的。但路上的行人依然很多，又是对着跑，我们根本跑不起来，只能心急火燎地担心那只鞋千万别找不到了。

我知道那只鞋对红年的重要。

我的二婶娘去世比较早，二大大一个人拉扯着我五个叔兄弟和一个姐姐，我那个姐姐仅仅比我大一岁，根本还不知针线活为何事，而他家里我最大的哥哥永年三哥（我们叔伯兄弟中他排行第三，我们也叫他三哥）尚未婚娶，二大大家中就没有做针线的，红年那双鞋还不知是三婶娘家的哪个姐姐给他做的，找到便罢，倘若找不到……

我如犯了罪般在往回返的路上跑在最前头，但速度也提不起来，只能是快走。当我们到了演电影的那条大街上时，已经过去一个多小时了，那条大街上已空无一人，街上的石头、砖头、土坷垃也已拾掇得干干净净。天已经漆黑，又没有月亮，只有深邃高远的星星向我们眨着眼睛投来看不清路面的光亮。我们四个人只能借着星光顺着大街的两边找。我们把头低得很低，找了两个来回，又约莫着在挂电影银幕的周围反复找，但都没发现什么东西。大街两边的住户还有一两家亮着煤油灯，那煤油灯透出的光亮昏黄而微弱，与大街上的光线也毫不相干，我们也不敢轻易去敲亮着灯光的人家的大门，心里也很清楚即便敲开人家的大门人家也不会知道那只鞋掉到了哪里。大街上没有任何东西，但我们仍不死心，又看向大街两边的东西胡同。东西胡同里更黑，我们稍微往里走走就快跑出来再到另一条胡同。这时，一个好像大近戈庄村里的干部从大街的北头走来，见我们四个半大小子在东瞅西望，不知道在做什么坏事，便大声问道："干什么的？"

我们被他这一喊吓了一跳，连忙解释说："散电影的时候我们把鞋掉了！"

那干部又问："哪庄的？"

我们回答说："都吉台的。"

那大近戈庄的干部说："你们还找鞋？掉了什么也找不到了。电影一散，我们村的民兵就立即打扫大街，明天上边来人参观检查，这是条主街，这一地的砖头和乱七八糟的都打扫干净用马车拉着倒进村南的大湾里了。快别找了，找也找不到了。"

那人一边说着一边就往自己家走了。

听了那人的话，找到那只鞋的希望彻底破灭，我鼻子一酸，就开始抽搭起来，嘴里也说不出话了。

红年见已经无法找到那只鞋了，又听到我在抽泣，便说："顺年，别哭了，那鞋咱不找了也不要了，咱们这就回家。"

回家的路上，因为就剩了一只鞋，一只脚穿鞋一只脚不穿鞋反而没法走路，红年就把那只鞋拿着和我们一起赤着脚往家走。

我们原来到外村看电影，不管在哪个村看完往回走，电影里的人或事以及电影内容都是一路上的话题。看明白的就讲明白的，看不明白的也装着明白胡讲八讲。甚至接连几天电影都是我们议论的中心，有时还因为明白与不明白发生争执，相互看不见对方的脸，但从声音里可以感觉出双方都已经面红耳赤。可是，那个晚上，我们从大近戈庄到家，一路无语。

回到家里，看了电影的兴奋全无，我悄没声地躺在炕上，闭着眼也睡不着，电影的故事早已无影无踪，不知过了多长时间，我才迷迷糊糊地做起梦来。在梦里，我看见红年赤着脚，被一块玻璃碴子扎着了，脚上流着血，流满了脚底和脚面，脚趾缝里还止不住地往下滴血，我跑到屋里，从锅底下抓出两把草灰，用力摁在了他的脚上……

（四）

去大近戈庄看了那场从别人嘴里才打听到名字的电影后，尽管故事情节我们都说不明白，在没有去看那场电影的人们面前也缺少了炫耀的资本，但我们却理解了“英雄虎胆”的大概意思。英雄就要有虎胆，虎胆就是大胆或者是胆大，老虎是百兽之王，老虎不仅有胆而且大胆，我们要当英雄就要有老虎的大胆。老虎的胆到底多大我们不知道，但老虎身上能看见的地方都能显示出它的胆量，我们看见都害怕。我们可以学老虎身上能看见的某一个地方。在我们这支队伍反反复复对“英雄虎胆”进行讨论的时候，不知是故意提出还是说错了，明年说：“我们平常打闹玩耍都是赤着脚，赤着脚也是大胆，就是不怕扎不怕硌，咱们再继续赤脚练，就练成‘英雄虎脚’了！”

明年这样一说，大家竟随声附和，“虎胆”看不见摸不着说到底是虚的，“虎脚”却是实的，平常玩耍我们都赤着的脚，变成“虎脚”一下子就提升了高度和层次。由此，“英雄虎脚”

便成了我们的一个目标。从那天开始，不管我们干什么都不穿鞋赤着脚，尤其是到外村看电影，更是赤着脚。

春夏秋冬一季又一季，花开花落一年又一年，“英雄虎脚”成为我们那个年代、那个年龄日常生活中的经典和生命历程中的精彩!

其实，不光我们知道一双鞋的分量，那时都吉台全村的大人孩子都知道一双鞋的分量，大家穿的鞋都是手工制作，几乎没有用钱买鞋的，偶尔发现有个穿球鞋(不是现在概念上的球鞋，那是最简陋的一种塑料底、黄绿色帆布帮、脚面上有一条细细鞋带的鞋)的人从身边走过，总会引来许多羡慕的目光。那穿球鞋的人走过之后，便在看见的人们心中踏下一行深深的脚印。自制的鞋说是布鞋，但也绝对不是现在意义上的布鞋，更不是什么老北京布鞋、老青岛布鞋等等，那自制的布鞋鞋底是用糨糊先把破布、碎布一块块在平面上铺平，每铺一层布就抹一层糨糊，糨糊是自制的，也舍不得用好面，充其量用点地瓜面。布抹上糨糊铺了两三层之后，便拿到太阳下晒，我们称为晒“壳子”。“壳子”大约有三四层布那么厚。在太阳下晒干后，便按照大人或孩子脚的大小用一张薄纸画出一个大体轮廓，叫作“鞋底样子”，就照着这个“鞋底样子”把晒干的“壳子”剪下来，再一层层地摞起来，成为一个一厘米左右厚度的“壳子”鞋底，然后用搓好的麻线一针紧挨一针地纳鞋底。因为“壳子”的层数多，一般针根本扎不透，只能先用锥子钻一个大针眼，然后大针带着麻线穿过鞋底，再用力拉拽甚至用牙咬着麻线使劲勒。鞋底纳好后，比木板还要硬还要结实，为的是穿在脚下耐磨。有了鞋底，再做鞋帮。鞋帮一般用棉线而不是麻线，用的“壳子”一般是一两层，然后外边再覆上一层较大的布。用棉线纳鞋帮，鞋帮里边的布颜色不一定一样。鞋帮纳好了，再用锥子、大针、麻线把鞋帮“上”到鞋底，一双鞋方算做成。做成一双鞋不仅需要较长的时间和过硬的技术，还要有好的材料，男人们基本做不了。穿上这样一双新鞋，由于鞋底太硬，脚上一般都会磨起血泡，但平常打打闹闹也舍不得穿，因为穿破了很难再有新的。对于我们这些半大小子来说，只有每年过年的时候才能穿上这样一双新鞋。那新鞋穿到脚上人人都如获至宝、珍爱无比，都有不会走路的感觉。

那场基本没看明白还丢了一只鞋的电影《英雄虎胆》，我们这支队伍终于有了再看一次的机会。那是割完麦子种上秋玉米、天开始热了的时候。一天下午两点左右，我们四个人无所事事、燥热难耐，想到南河下河，太阳又毒辣辣的，便就近跳到了二大大和三婶娘家院墙东边的大湾里又是扎猛又是踩水。那湾里的水南头较浅，只没到我们的肚脐眼，越往北水越深，到中间的时候就已经够不着底了。到了北头，我们都把胳膊往上举着，直着身子往下沉，看谁能够着底，结果谁也没够着。本来浑浊的湾水，叫我们从南头搅到北头，那水已经如同泥汤般，还散发着一种壕水（猪圈下栏的水我们叫壕水）的臭味，那湾水虽然远比秋天沤苘麻的臭差几个档次，但吸到鼻孔里还是觉得不舒服。我们在那如同泥汤的湾水里晃来晃去，一直踩着水游到北头，便一个个爬上湾沿，准备再从二大大家墙外探到湾中间的那棵榆树杈子上往下跳。刚爬上湾沿，老远就看见一辆颜色与众不同的邮递员专用自行车由远而近，那自行车的颜色告诉我们，是邮递员给大队办公室送完信和报纸从北边的大街上拐弯过来的。骑在自行车上的邮递员老刘我们不熟，但他跟红年已经认识了。他认识红年是因为他到乔戈庄送完信正是中午吃午饭的时候，他遇见我们的表兄苏洪恩从大队办公室出来回家吃饭，表兄便邀请老刘一起到家里吃了顿饭。吃完饭后，表兄知道他要去彭戈庄、赵家庄子、都吉台转一圈再经大近戈庄后返回石桥子公社驻地，这是他常走的路线。表兄就托老刘给红年捎信，说晚上乔戈庄有戏，县茂腔剧团下乡巡演。邮递员老刘就费了点周折在二大大家的"过道"里找到了红年。红年那天很老实，不知道偷吃了什么东西在家拉肚子拉得浑身没劲，便摘下一扇大门平放在地上当床躺在上边。听到表兄捎来的信，他本来情绪就不高，茂腔又没引起他多大的兴趣，关键是肚子还在继续疼，这个消息他就自己压下了未告诉我们，但他从此认识了老刘并告诉了老刘以后找他的具体办法和地点。后来我们审问红年认识老刘的那天为什么拉肚子时，红年开始不说，后来我提示他是不是偷吃了生产队分的烂地瓜干，红年才吞吞吐吐说了实情并问我怎么知道的，我说我也偷吃过那些地瓜干，我够不着那个挂在墙上盛着地瓜干的笎子，最后把两床破被子摞在一起才把笎子拿下来吃的。那些烂地瓜干生吃时尝不出来有多么不好吃，还有种甜丝丝的味道，但我吃了以后也拉肚子还肚子疼。红年就说："怪不得你知道呢！"

我们从湾里爬上来，如同泥汤般的湾水带着一股臭味从我们身上淅淅沥沥往下滴着，老刘走到跟前都把头往边上一扭水怕溅到他的身上，他根本就没看清我们是谁，也没认出红年来。倒是红年看清楚了是老刘，便朝他喊了一声："老刘！"

老刘听到喊声，便回头下了车子，细看了一会儿，才认出是谁在喊他，便说："是赵红年吧？我正要找你，你表兄苏洪恩叫我捎信给你，他们村里今晚演电影。"

我们一听二姑村里演电影，那种高兴不言而喻，便七嘴八舌地问老刘："什么电影？"

老刘没接着回答，而是把腿往上一抬，上了车子后才说："《英雄虎胆》。这电影在别的公社转了好长一段时间又回来了。英雄虎胆呀英雄虎胆，今天又转回来了！"

老刘说最后一句的时候还是唱着说的，待他走远了，我们一阵欢呼，紧接着便手舞足蹈起来，也不往二大大家院墙外那棵榆树杈子那里转了，而是纵身又跳进了湾里。那泥汤般的湾水我们已经浑然不觉，也闻不到了那壕水般的臭味，我们只顾在里面翻滚着大喊大叫。闹了好一阵子，红年似乎意识到了什么，便大声喊道："别胡闹了，咱们这就去南河，把身上的湾水冲洗干净，回来快想办法吃点东西，去二姑家。"

我们听从红年的"命令"，一个个从湾里爬出来，带着一身湾泥和臭味，向南河跑去。

在南河里冲洗干净，我们便各自回家胡乱吃了点东西，按照早就说好了的在南门底下集合。我到南门底下的时候，那三个哥哥都到了。看着天色尚早，早到了二姑家又要麻烦表嫂做饭吃觉得怪不好意思，我们便在南门底下摆起了"五大棍"（一种简单的棋，是在地上横竖各画五条长杠形成一个棋盘，中间的方框叫小斗，三点连线叫三斜，四点连线叫四斜，五点相连叫"五大棍"，这种游戏统称"五大棍"）消磨时间。我们四个人下"五大棍"还是老办法，红年自己一伙，我们三人一伙，但我们三人老是下不过红年，每次下"五大棍"都以红年赢我们输为结束。那天，不知什么缘故，我们先是连续两盘都走出了一个"小斗"和"三斜"，使红年无计可施，先胜了两盘。第三盘还没走棋，他一没注意，我们上了一条"五大棍"，把他的棋一下子掐掉了三子，他又是大败。这时，我们听到远处的天上有轰隆轰隆的雷声，只见我们的西南方向阴云密布像是要下雨。我们三人就提出不下了，赶紧往二姑家走，要不在路上就要被雨淋。但红年坚决不让，他说：“再下几盘棋等等，要是下雨，我们就是到了二姑家那电影也没法演。”

红年的话有道理，但我们也看得很明白，他是输了棋不服，想再捞回来。于是，我们就听着雷声继续和他下棋。我们的注意力已经不是那么集中，双方便在输输赢赢的混战中一直下到坡里干活的大人们收工回家，数了数身边赢的草棒，我们一方还赢了红年两根。到这时，红年才说不下了，大家便都站起来拍了拍粘在腚上的沙子和土往二姑家走。可是，我们刚走到河沿，就看见河里的水涌着一米多高的浪头从上游呼啸而下。我们从来没见过这样的架势，那浪头从我们的眼皮底下奔腾而过之后，整个南河又大水漫延。看着突如其来的大河水，我们兴奋地大声吆喝着“发大水了，发大水了”，去二姑家看电影的事竟被忘在了脑后。还是红年清醒，他朝着我们呵斥道：“光知道吆喝，这电影怎么去看？”

红年朝我们发火，我们知道这是他下棋没能赢了我们在借题发挥，但也确实让我们又想起了去看电影的事，这可怎么办，发这么大的河水，电影是看不成了。

红年朝我们发火发得很没理由，雨不是我们下的，河里发大水不是我们发的，过不去河看电影更不关我们的事。他似乎意识到朝我们发火是发错了，他看了看河水说：“你们在这里等着，我一会儿就回来，这电影我们一定要去看，都不要到处乱跑哈！”

我们答应着，不知道他要去干什么，只见他朝着村里快步走去。

红年一走，我们就在河边议论，咱们这里一点雨都没下，怎么这河里会发大水呢？后来我们才知道，每条河都有上游下游之分，下游的地方不下雨，但上游下了大雨，河里也会发大水。我们村南的这条荆河，是全石桥子公社最长、面积最大的一条河，它的上游有好多个村庄，并且在离都吉台十五里路的地方有一座水库，也是全公社最大的一座水库，叫吴家楼水库。因为水库刚修起来没多长时间，未经过几年的沉淀和大水的考验，以防万一，水库的水位一到警戒线，管理人员便主动开闸往下泄水。泄水的通道就是荆河。都吉台段的荆河是最下游，只要吴家楼水库开闸，都吉台周围不下雨，荆河里照样发大水。

我们正议论着为什么没下雨河里却发大水的事，就看见红年牵着那头大黄犍子来了，他肩膀上还挂着一根绳子。到了近前，红年有些兴奋地跟我们说："叫你们去办这个事谁也办不成，我跟饲养员说我们要到二姑家使排子车拉东西，借牛使使，饲养员叫我牵那头，我没听他说，牵着大黄犍子就来了。你们知道大黄犍子来干什么吗？就是咱们缒着它的尾巴过河去看电影。"

我们一齐称赞三哥有办法。红年不无得意地说："一会儿跳到河里，我缒着牛尾巴，你们都缒着绳子，咱们一趟就过去了。"

我们就按照红年的吩咐，把绳子拉开，每人都把绳子攥在手里，红年就在前边缒住牛尾巴，然后吆喝着大黄犍子下河。那大黄犍子有了渡河的经验，便很顺从地扑通一声跳进了河里，红年紧跟着下去了，我们就像下饺子般纷纷跳到了河里。

很顺利地过了河，我们又为大黄犍子发愁，如果不在树上拴住它，它肯定会到处乱跑，回来就找不到它了。如果把它拴在树上，河水再大点，它就会被淹死。红年就说："你们真是傻子，咱不会让大黄犍子一起去看电影吗？再者，明年顺年都上去骑着牛，还省下走路了！”

红年这样一说，我和明年不仅佩服三哥，还很感激他！

那个晚上，我和明年是骑着牛去看的电影。看了全片的《英雄虎胆》，是没用“英雄虎脚”走路去看的《英雄虎胆》。

（五）

天暖和的时候，我们的“英雄虎脚”发挥过很多很重要的作用，既省了鞋，还不耽误我们上墙爬屋胡窜乱跑。脚上扎刺是常有的事但也是小事，关键是乱跑的时候脚趾碰到石头磕破皮磕厉害了，那就要挨疼受罪还耽误事，尤其怕耽误看电影。到了冬天，我们的“英雄虎脚”就失去了作用，既不是“英雄”，更不像“虎脚”了，牛脚驴脚马脚我们不敢比，猪脚狗脚猫脚我们也望尘莫及，那两只脚连个鸡爪子都不如。我们时常穿着露脚趾头的破单鞋，也没有袜子即便没有了半点“虎脚”的“英雄”气概，也挡不住我们看电影的欲望和勇气。

那是一个没有暖阳的日子，天上飘着零碎的雪花，到傍晚的时候雪就停了，红年不知从谁哪里得到消息——临浯街上演电影。电影的名字既有震撼力又有吸引力，红年向我们传达这一消息并组织我们准备行动时，还极其神秘又遮掩不住兴奋地告诉我们：“今晚电影演《战上海》！”

临浯街在我们都吉台村的正北方向。之所以称作“街”而不叫庄或村，不是因为村里大人多而是因为有“集”。我们当时的认知就是，凡有“集”的村庄都可称为“街”，如相州街、石桥子街、程戈庄街等等，这些地方的“集日”相互间都岔开，如相州集是每月的二日和七日（初二、十二、二十二和初七、十七、二十七），每个月六个集，其余的以此类推。程戈庄的集日是每月的三日和八日，石桥子的集日是每月的一日和六日，而临浯的集日是每月的四日和九日。我们都吉台村的大街笔直而宽阔，但因未设集日，所以就没能称为都吉台街。那时的我们还曾为都吉台不能叫作“街”而愤愤不平。

临浯街距离都吉台正好十华里，我们去的次数比较少，并且对临浯街的印象很模糊。按说十华里的距离对于我们来说没有任何问题，临浯街不属于诸城县我们也没有任何生疏之感，关键在于中间相隔一条大河，那大河的名字叫浯河，也称渠河。那河因与我们村南的荆河相比河床宽而水深并在村子的北边，我们便叫它“大河”或“北大河”。因为相隔着这条河，河上到现在也没有桥，夏天去临浯办事或赶大集，除了发大水的时候人们都把裤腿子挽得高高的蹚水而过，算不上畅行无阻但也无甚大碍。但到了冬天，河水便开始结冰，从开始“冻碴子”到最冷的时候冰冻封河。要是真封了河还是好事，完全可以踏冰而过，但是从开始结冰到封河这段时间比较长，冰承载不了人，而那水却冰凉刺骨。每到这个时间段，大人们没有特殊情况也不去赶“临浯集”。赶集办事与我们基本没有关系，包括红年、东年及我的姥娘家都在河北的小石埠和高家庄，距离比到临浯还近很多，但就因为这一河之隔，姥娘家我们去的次数也很少。这些我们也不在乎，在乎的只有一河之隔对我们获取临浯及周围村庄演电影的消息准确性的影响与过河看电影的难处。

红年很神秘地告诉我们今晚电影是《战上海》之后，我们便在激动中立即奔赴临浯街。走到北大河的时候，一下了河崖，我们就看见岸边的河水已经结成了“冻碴子”，河面上水浅和水流不急的地方也能看见明晃晃的一片，我们知道那都是薄冰。红年说：“脱鞋，把裤腿子挽得高一点。”

我们也不说话，各人忙各人的，鞋都很好脱，没有袜子省了好多劲，可挽裤腿却来了麻烦。我们那时都穿着大裆棉裤，棉裤裆大腰长裤腿肥，把裤腿挽到膝盖以上，往前一走就掉下来，再挽上去，一走又掉下来。四个人的棉裤基本一个样。如果裤腿挽不住，到了河里再掉下来，棉裤就会被水泡透，走路都没法走了。我们仿佛听到了临涪放电影的喇叭声，大家都急得猴子一般。只见红年又从河边跑上了河崖。他是想上去找树条或苇子之类的东西，用它们绑裤腿。我们过河的这个地方，就是北河与南河交汇的地方，也是都吉台人到河北赶集、出门办事以及种地常走的地方，村里十六个生产队在河北都有地，我们也曾跟着生产队的大人到河北的地里干过活。红年到了河崖上，不但没有找到可以绑裤腿的东西，还不小心脚下一滑，从河崖上擦着滑到了河边。他一站，整条棉裤全掉到了脚脖子，这才发现自己扎腰的绳子从河崖上往下滑时不知被什么东西挂断了。红年扎棉裤腰的绳子是用苘皮子搓起来的，苘皮子比麻皮子脆，韧性也差，但因为有“披麻戴孝”一说，身上扎麻绳便成为人们的大忌，所以宁愿用韧性差的苘绳子也绝不去用麻绳扎腰。红年扎腰的苘绳是先将苘皮搓成细绳，然后又将四股细苘绳拧成一根较粗的扎腰绳。从剥苘到拧成较粗的扎腰绳，都是他自己动手完成的。

红年在我们十个叔兄弟中是最聪慧的，他不但聪明而且心灵手巧，既能干活还会玩耍，会吹笛子会拉二胡还会敲锣打鼓，村里成立宣传队从各生产队挑选会吹拉弹唱的人才，我们村西头的四个生产队只有他一人被选上。最难能可贵的是红年还继承了我二大大超强的记忆力，会说书讲故事，最令我们佩服且叹为观止的是我二大大用那原始的织布机织老棉布的烦琐技术。二大大尊享十里八村顶级织布技术的美名，是出名的“二机匠”，二大大织的布细腻、匀称、结实，经是经、纬是纬看不出接头，见不到瑕疵。二大大想把他这一技术传授给我们，并耐心地手把手地教授过我们，也期望我们都能成为会织布的“机匠”。二大大的期望就是让我们能够掌握一门与众不同的在生产队干完活之后可另外赚口饭吃的本领。然而，我们一个个都如同“狗熊它娘是怎么死的”的那个答案。我们没见过狗熊，也不知它娘什么模样，只知道狗熊它娘是笨死的，我们便把狗熊比作猪，认为猪笨，猪它娘更笨，我们由此变成了猪，是一头头奇笨无比的猪。在我们的兄弟中，只有红年上了织布机很快就学会了织布技术，二大大织布的精湛技艺只有红年学得最好最扎实并继承了下来。我和明年也曾在红年的指导下多次上过二大大的织布机，结果上去之后不是脚踏错了就是梭扔不对地方，还扔在了地上，几分钟就把经线纬线弄得乱七八糟，怕被二大大“嫌吼”，红年便一点点收拾停当。我庆年大哥从老爷爷那里学来的细木匠的绝活，红年跟着学了不长时间就出了徒，可以独自为人打造家具，而我们刨子不会拿凿子不会用还把庆年大哥的墨斗拨弄来拨弄去，把墨弄了庆年大哥一脸最后全洒到了地下，被庆年大哥“扔”到了一边，叫我们虚心向红年学习。

那根不知是拉断还是磨断的苘绳，竟一下子启发了无比聪明的红年，他把那根扎腰绳一分为二，两股接起来后拧成一根继续扎腰，另外两股截断，把挽不住的棉裤腿再次挽好后，他亲自为我们三人紧紧地绑在大腿上。我们都试了试，挽起来的棉裤腿再也掉不下来了，便开始过河。

“世上只有冷暖自知，没有感同身受”，这话我很是认同。但有时也不尽然。当我们把挽不住的棉裤腿用红年扎腰的苘绳子绑好，赤脚踏进有“冻碴子”的河水里时，我想我们那个时候肯定是互相感同身受的。

河水哗哗地淌着，不淌水的地方就是“冻碴子”，我们的脚踩在上面咯吱咯吱地响，双脚被扎得疼痛难忍，小腿到膝盖由疼变麻。离河对岸还有三分之一的距离时，我感到实在坚持不住了，便大声说："三哥，这河我过不去了，电影也看不成了！”

走在前边的红年便转身看着我问：“怎么了？”

我说：“这脚和腿就像离开了我一样，没有感觉不会走了！”

红年没再说话，而是把身子往下一蹲，背朝着我说："上来！”

我一下子就趴在了红年的背上。

红年背着我走在前头，东年、明年跟在后边，我们到达北河北岸的时候，大家解开裤腿，赶紧穿鞋，爬起来就往临浯赶。而红年又把各人解下来的苘绳一根根拾起来，缠成一扎，放在一棵树的树杈上准备回来时再用。

我们到了临浯，大街上寂静无声，连个人影都没有，我们知道这次看电影又扑了一个空。

踏着有“冻碴子”的河水奔赴临浯大街看电影扑了空，收获的是小腿和脚被来回两次“扎”得生疼以致起了冻疮都不敢吱声，但我们也没有任何怨言且乐此不疲。

儿时给我留下的看电影的故事很多，但让我体会最深的就是红年背我过河的事，我想，不管是兄弟还是朋友间情分的培养，绝非是因为甜言蜜语和金钱美食，有时就在那一转身一回头或者往下一蹲给你一个脊背的瞬间。

尝山楂

——童年事略之二

（一）

以红年为指挥的我们那支“队伍”有一条严格的规定或者说重要原则，就是不管本村还是外村的瓜果梨枣，不管是在院子里边还是在院子外边的，只要是个人的，就是心里再馋也不准动手，即便路过看见有掉到地下的也不能去拾，更不能去摘。对生产队集体的东西，不管什么都不准去拿，更不得据为己有，尤其是玉米、地瓜等粮食。

我们动手的范围仅限于公家的水果，我们叫“果木”，但也必须统一行动，听从指挥。

我们原则的制定，按照红年的说法，有两个理由，一是虽然有“瓜果梨桃枣，见了下口咬”的俗语，但农村人最恨“小偷”。“小偷”人人唾弃，人人喊打，如同过街老鼠，即便碍于情面，人们也会避而远之。对此，我们弟兄们在对“小偷”避讳的同时，便制定了谁都不能被村人说成是“小偷”的规定。一旦被安上“小偷”的名字，不仅我们兄弟们没有脸，我们的父辈在村里也没法见人。我们的父辈在偌大的都吉台村里都享有很高的威望，并且是辈分最高、颇受尊重的老人，我们决不能给他们丢脸。

第二个理由，是因为我们都会唱“三大纪律八项注意”那首歌，那歌的内容我们讲不清楚，但是会唱，也知道一二。比如“一切行动听指挥”“不拿群众一针一线”等。

在集体的东西绝不允许随便拿并且不能与“偷”字沾边的原则下，我们研究出了很多代称，比如生产队的西瓜，我们去偷西瓜，不能叫“偷西瓜”，而是叫“摸西瓜”；偷山楂也不能叫“偷山楂”，而是叫“尝山楂”等等。为定这个“尝”字，我们还费了好多周折，有说“摘山楂”的，有说“拾山楂”的，还有说“吃山楂”的，最后还是红年一锤定音，就叫“尝山楂”。他说“尝山楂”含义很深，有多个解释，并且与“偷山楂”相隔最远。我们不知道什么含义不含义，反正听红年的就没错。

我们都吉台村尽管人口众多、村子很大，但不管是大队还是生产队，“果木”几乎一棵都没有，有的就是生产队每年种的一亩二亩的西瓜。在都吉台周围的村子里，我们也没发现有什么“果木”，只知道大近戈庄有一片山楂林，那片山楂林不大，也就是几十棵。都吉台和大近戈庄东西基本在一条直线上，都在北大河南岸，算是依水而居。两个村最北边的住户离北大河不足千米，顺着河沿植树造林，两个村造的林就连成了一片。这几十棵山楂就在大近戈庄那一大片树林的前面，边上还有几棵刺槐遮掩着，一般人不加注意都发现不了。它的隐蔽性给我们“尝山楂”提供了优势，只要从大树林里悄悄出来，那山楂便唾手可得。赵家庄的山楂林比大近戈庄的山楂林大很多，两个村相比，大近戈庄的根本不能称作“林”。但是，大近戈庄的唾手可得，而赵家庄子的却非易事，因为我们要去尝赵家庄子的山楂，就要渡过在都吉台村东北角的“人字湾”。那“人字湾”诸多的动人故事和令人毛骨悚然的传说，曾陪伴都吉台及周围村庄一代代的孩提步入青年、中年和老年。我们的童年就是在听它的神话传说中度过的。去赵家庄子“尝山楂”有“人字湾”的天然屏障，而大近戈庄的山楂就在眼前，只要伸手就能够着，然后就可以品尝。

大近戈庄的那片山楂从有了白花开始就成了我们关注的焦点，我还在梦里吃过几次大近戈庄的山楂，那酸酸甜甜的味道，使嘴里淌出的口水濡湿了枕头，被父亲笑话说：“多么大了睡觉还拉拉斜斜（流口水）！”

我说：“做梦吃山楂吃的。”

父亲笑着问：“吃哪儿的山楂？”

我说：“吃大近戈庄的。”

父亲就笑：“真馋。那山楂不熟可是一点都不好吃的，等山楂下了园，爷就到集上给你买，早晚让你吃够！”

大近戈庄的那片山楂，在红年眼里是重中之重，并确定为我们“尝山楂”的首选目标。他经常在我们面前提起，但都是“一估计二可能”，估计那山楂长多大了，可能还不好吃或者能吃了等等。红年给我们当指挥，是我们三个人一致赞同的。因为他年龄大，个子比我们高，关键是他比我们有劲，我们治不了他，但他治我们却如手指鼻子般轻而易举。我们既尊重他也怕他，就是村里其他和我们差不多年龄的孩子也怕他，谁要是欺负了我们，红年就会找他们“算账”。我们都愿意红年指挥我们，他不指挥，我们就不知道干什么也什么都不会干。我们不跟红年在一起的时候，只要有人要欺负我们，我们就向对方发出警告：你等着，我找俺三哥来！

本村的孩子知道我们有个三哥，我们只要发出“找俺三哥来”的警告，他们就不敢放肆，但对外村的孩子，我们的警告就不管用了，人家不知道我们有个三哥，也不害怕我们的三哥，那“你等着，我找俺三哥来”的警告连着发出三两遍，人家连听都不听，根本镇不住人家。

（二）

大近戈庄的那片山楂在红年不止一次地“一估计二可能”中把我们弄得神魂颠倒，做梦都在吃山楂，清晨起来都觉着如同吃了一夜山楂，那种感觉兴奋无比。然而，一个特殊事件使大近戈庄的那片山楂从我们的期望中消失。由于那个事件，大近戈庄的那片山楂还没等成熟就与我们失之交臂。

那是一个大雾弥漫的早上，东年、明年和我到村里西南坡的豆地里拿豆虫蛾子，红年被二大大安排干别的事，我们三个人就由东年领着拿着一条小布袋到了生产队的豆地里拿豆虫蛾子。

豆虫很好吃，尤其是“下蛰”钻到土里的成虫或成蛹，包括豆虫蛾子都非常好吃，不仅在那个年代，就是现在，也是令人馋涎欲滴的美味佳肴。后来得知，豆虫的学名叫“豆天蛾”，这个名字以蛾为主概括了豆虫的全貌，其实是概括不了的，我们的概念中虫就是虫，蛹就是蛹，蛾就是蛾。

豆虫在我国生存范围很广，凡是能种大豆的地方都有它的身影，是一种吃豆叶喝露水为生的软体昆虫，它高蛋白低脂肪，富含七种人体无法合成的氨基酸。用现在流行的话说，绝对堪称“纯绿色食品”。但那时的我们对这些一概不知，只知道豆虫、豆虫蛹子、豆虫蛾子都好吃，无论烧、炒都是美味。烧就是在坡里抓到后，直接找把干草点燃，烧熟即吃；炒也就是拿回家用锅烙熟，没有食用油可加。

拿豆虫蛾子的最佳时机是在大豆尚未成熟、从豆虫蛹子里出来的蛾子准备产卵时将其捉住，既减少了它们对大豆的危害，又方便它们成为我们的口中之物。豆虫蛾子最容易拿到的时间段是早上太阳没出来之前，豆虫蛾子被雾水打湿翅子飞不起来，我们拿它就轻而易举。不过，豆虫蛾子不会飞好拿，却不好找，有时半天都找不到一个。

那天早上的雾很大，豆地里能见度更低，我们拿了好长时间才拿了十几个，心里都不甚高兴，而且雾越来越大，本来应该出太阳了，结果太阳就是不出来。我们三个人都觉得饿了，便敞开盛豆虫蛾子的布袋子，一个一个地数，看到底拿了几个。怕数不准，我们每人数了一遍，一共数了三遍，有说十个的，有说十一个的。最后也不管十个还是十一个，请三婶娘上锅炒熟，再叫上红年，每人都可分到两三个，就着豆虫蛾子肯定能多吃几片地瓜干子，倘若吃到哪个豆虫蛾子肚子里还有子（卵），那就会更香。我们数了三遍之后，东年就把布袋子一攥，想找根茅草把它扎起来。结果布袋口没攥好，一个没掐掉翅膀的豆虫蛾子竟飞了出来，朝着西边另一块豆地飞去，东年拔腿便跟着追。大雾茫茫，东年心里又急，别的也没注意看，两眼紧盯着那个豆虫蛾子看它落在哪里。这时，就听豆地里传来一声吆喝：“站住！”

东年一下子就被吓住了，他看见自己前边站起了两个和我们差不多大的男孩子，他们也在拿豆虫蛾子。其中一个问东年：“你干什么？”

东年说：“我拿的豆虫蛾子飞到这边来了。”

那两个孩子知道我们是都吉台的，大声说：“这是大近戈庄的地，又不是你庄的，你跑到我们地里干什么？”

东年据理力争:“那个豆虫蛾子是从我这布袋子里飞出来的，怎么成了你们庄的了？”

那两个孩子不依不饶：“你不用犟，你就是在我们地里拿的。”

那两个孩子说着，就靠近了东年。东年还想说，那个子稍高点的不由分说，上来就夺东年手里拿着的布袋子。

东年一边躲闪，一边往身后藏那个布袋子，结果被另一个孩子从身后一把将布袋子拽了过去。东年转过身来要夺回布袋子，没注意，就被正面那个稍高点的一下子撂倒了。

听到他们的嚷嚷声，我和明年就跑了过来。我和明年跑过来的时候，东年刚刚从地上爬起来，试图撂倒对方，可还没等他站稳，又被对方第二次撂倒。明年去拉东年，我知道东年都被对方毫不费劲地说撂倒就撂倒，我和明年更不用说，想上前撂人家也不敢，便大声说：“你等着，我叫俺三哥来！”

对方把腰一掐，说：“哼，别说叫你三哥，就是叫你八哥来我也不害怕，你们这是在俺庄的地里拿豆虫蛾子，又不是在你们村的地里！”

明年把东年拉起来的时候，我们看见远处又来了两个人，是那个抢了东年布袋子的矮一点的孩子又叫来了一个人，那个人好像比我们个子都高。我们知道不妙，怕被人打，便不敢恋战，拔腿就跑，边跑还边朝对方喊:“你等着哈，我们叫俺三哥来！”

没听到对方回答，我们就灰溜溜地跑了。

回到家，我们立即找到红年，把拿豆虫蛾子的事向他汇报了，并说本来那豆虫蛾子三哥能吃到三个，因为被人家抢走了，谁也没落着吃。

红年听我们汇报完，沉默了一会儿，像是自言自语地说了句与豆虫蛾子风马牛不相及的话：“估计那山楂快了，差不多好吃了！”

我们一听他不说豆虫蛾子竟说山楂，便问他：“三哥，咱们那布袋子都被人抢去了，里面还有那么多豆虫蛾子，你说山楂干什么？”

红年说：“你们不懂，我说山楂自有说山楂的道理。”

我们也没问什么道理，只问：“咱们那个布袋子怎么办？”

红年又问我们：“知道那人叫什么名字吗？”

我们说：“不知道。”

红年问：“见了面你们能认出他来吗？”

东年就说：“认得，当然认得，他连着撂了我两个跟头！”

红年又琢磨了一会儿说：“你们不用说了，明天早上咱们再去拿豆虫蛾子！”

（三）

第二天早上，红年亲自率领我们向西南坡昨天被人抢走布袋子的那块豆地“进发”。

路上，红年边走边进行“战略部署”，他说：“今天早上咱们不以拿豆虫蛾子为主，要以抢回咱们的那个布袋子为目标。到了地里，看看昨天那个家伙是不是也在拿豆虫蛾子，如果他不在，我们就该怎么拿就怎么拿，争取多拿，一个人最起码要拿三个。如果他在，明年、顺年和我就立即趴在豆地里埋伏，东年去‘引导’那个家伙到咱们村的豆地里，我们就上去把他摞倒，夺咱们的布袋子。不过，东年‘引导’他的时候，要等他的布袋子里已经拿了一些豆虫蛾子了再开始‘引导’，咱不能只抢回个空袋子，绝不能让他看出来我们有埋伏！”

我说：“他那个布袋子不是咱们那个怎么办？”

红年说：“一样，他拿了咱们的，咱们又拿了他的，都是布袋子，抵了。”

我说：“他那布袋子里已经拿满豆虫蛾子就好了。”

四个人都嘿嘿笑了一声。

雾依然很大，只有眼前十几米的地方还能看清东西，再远就什么也看不见了，只是白茫茫一片。红年在做“战略部署”时因为不知道抢我们布袋子还把东年摞了两个跟头的孩子叫什么名字，就以“家伙”代替了他的名字，我们觉得很合适，心情极佳，往豆地里走的路上还蹦蹦跳跳的。

到了豆地边上，红年让我们都不要说话，蹲下。我们在豆地边蹲下，就见红年两手撑地，两腿伸直，上身使劲往地面上趴，最后把耳朵紧贴在地面上，如果地面不是被露水打湿，他肯定会直接趴在地上的。我们不知道他在干什么，也不敢问。天上没有一丝风，只有雾，四野阒然，万籁俱寂，豆地里也鸦雀无声。我们支着耳朵什么也没听到，红年却听到了，他把脸侧向我们小声说：“他们来了，现在离咱们还很远，是不是那个家伙不一定，但已经有人是肯定的了。我们这就往里走，东年站着走，我们猫着腰跟在你身后，你一定要装出拿豆虫蛾子的样子来。”

红年说着，慢慢地爬起来，我们觉得很奇怪，我们什么都没听到，他怎么就听到有人了呢？便好奇地小声问：“三哥，你把耳朵贴在地上就听到有人来了？”

红年说：“你们不行。还记着《西游记》里有个‘千里眼’

和‘顺风耳’吗？那是两个神仙不是妖怪，妖怪没有这方方（方法）。我既是‘千里眼’也是‘顺风耳’，你们听不到，我听到了。”

明年说：“这会儿又没有风，你怎么顺的耳？”

红年知道自己说漏了嘴，便狡辩说：“我这耳朵顺风很行，不顺风也行，我这是‘顺地耳’，顺着地就能听很远。”

我们便从心里觉得红年就是比我们能耐。

因为怕被人听到有人在说话，红年就低声说：“都别嚷嚷了，现在就开始行动。”

东年听到开始行动，有些着急地说：“我手里又没个布袋子，看着不像拿豆虫蛾子的。”

红年就狠狠瞅了东年一眼说：“笨死了，拿豆虫蛾子怎么还非要使布袋子？使根草棒串起来不是一样？”

红年说着，就从路边长出来的油草（茅草的一种）中薅了一根油草秆递给东年说：“把它含在嘴里，真拿着豆虫蛾子，就串在这上边，这才像拿豆虫蛾子的。东年你可要注意哈，到咱们豆地边就不要再往前走了，你就站在豆地边上‘引导’他，一定把他‘引导’到咱们村的地里。”

东年又说：“我嘴里含着这根茅草怎么‘引导’他们？”

红年说：“你吆喝他们时不会拿下来？”

东年小声答应着开始往前走，我们三人在他身后跟着。走两步，东年还不放心地回头看我们，被红年好骂：“不要回头，更不要说话！”

东年不再回头，也不敢说话，继续往前走。我们不能站，只能猫着腰跟在东年的后边。走了好长时间，东年不往前走了，我们知道已经到了豆地边，红年向我和明年打手势，意思是让我们俩分开趴在豆地里。而他却倒退着爬了几步，然后就不见了。

这时，我们听见西边豆地里的人好像走近了，也听到东年开始“引导”他们了：“西边豆地里拿豆虫蛾子的，你们拿了多少了？”

还在说着话的人突然间不说话了，估计是在往东年这边看，可又看不清，便慢慢地向东年靠近。东年看清了，正是昨天抢走我们布袋子的那俩人，那俩人也看清了东年。因为后边埋伏着的我们，东年胆子就大了，大声说：“你们昨天抢走了我的布袋子，还给我！”

对面的人看了看东年说：“今天怎么你自己来了，那两个也没来，不是说叫你三哥来吗？他们都到哪里去了？”

东年也不正面回答，只说：“我就是一个人来问你们要我的布袋子，怎么着？今天你要是不给我，我就和你们试试，看谁摺过谁！”

对面那人把胳膊往上一抬，故意“惹”东年说：“你这布袋子就在这里，你看，我们已经拿了半布袋子豆虫蛾子了，叫你干馋！”

东年看清了，那就是我们的布袋子，里面鼓鼓囊囊的好像有不少豆虫蛾子，便有些发急地朝对面的人说：“那就是我的布袋子，昨天被你抢了，快还给我！”

那人一点也不害怕东年，说：“我就不给你怎么着？谁叫你到我们村的豆地里拿豆虫蛾子的？还说我们抢你的布袋子，这不是抢，这是没收！”

东年讲不通，便骂了人家一声：“你是个王八蛋，快把布袋子还给我！”

对面那人一听就火了：“你还是王八蛋呢！你到我们的豆地里拿豆虫蛾子，那个布袋子就该没收！你不是说叫我们等着，叫你三哥来吗？怎么没看见？打埋伏呀，有本事叫你三哥出来！”

东年说："俺三哥说了，今天他没工夫伺候你，你只要还了我布袋子，咱就两来无事，要是不还，俺三哥就来找你算账！"

不管东年怎么说，那家伙根本不害怕东年，只担心那个"三哥"躲在豆地里，便十分小心，一步也不往前走。他想看看东年后边到底有没有人，便说："你是个傻王八蛋，比王八蛋还傻，想'引导'我们到你们村的地里，叫你那个三哥打我们？"

东年说："今天就我自己来的，就是要那个布袋子，要是真打，我自己打你们俩也'小吃咸菜'（小菜一碟）。我那天叫你撂倒是没防备，被你打了'偷巴棍'。"

那家伙瞪着眼又看了看四周，说："你敢打赌，你背后没有人吗？"

东年说："打赌就打赌，我背后就是没有人。"

那家伙紧接着问："打什么赌？"

东年话不赶趟，也不知道打什么赌，还想快点把他"引导"过来，便又狠狠地骂了对方一句，结果歪打正着，把对方骂出火来了。只见那家伙往四周又看了看，确认后边再无他人，便朝着东年跑了过来。东年好像想起了自己是负责"引导"的，转身就往东跑。东年往东一跑，对方反而停下不追了，大概考虑到东边可能有埋伏。东年见对方不追，还是没想出"引导"对方的好办法，便又返回来，与对方相隔十几步，拿出最狠的一句骂人的话朝着对方撂了过去。对方忍无可忍，一股子火上来，也不再考虑有没有埋伏，把怀疑、担心和警惕性全丢在脑后，上来就追东年，东年又回头往东跑。看见对方已经进了我们的埋伏圈，说时迟那时快，红年大喊一声："哪里跑！"一跃而起就把那个家伙撂倒了，后边一个看情况不好，确实有埋伏，拔腿就往西跑。我和明年也赶紧爬起来，帮着红年把那个盛着豆虫蛾子的布袋子夺在手里。那家伙挣扎着爬起来，还没站稳，又被红年一下子撂倒。他又要爬起来，刚回来的东年抱住他的腰，狠狠地又把他摔在了地上，东年还在他身上踹了一脚，朝着他的头打了一拳。那家伙知道再爬起来还要被撂倒，便不再爬，两手抱着头趴在地上大声哭了起来！

他一哭，我们知道不好，担心那个跑了的再喊别人过来，便也有些害怕，红年就命令道："撤！"

我们撤出都吉台那片豆地之后，走了老远，还能听见那个家伙的哭声。

我们没敢直接回家，而是在村西围子沟里找了个地方，拾了几把干草，点上火，把从那家伙手里夺来的豆虫蛾子烧着吃了。

吃着喷香还淌油的豆虫蛾子，我们都兴奋不已。东年说："当时没多揍他几下，最起码再踹他两脚！"

红年说："你这想法不对，他抢了咱们的布袋子，咱们又抢回来了；他抢了咱们的豆虫蛾子，咱们也抢回来了，肯定比你们昨天拿的还多；再是，他把你撂了两个跟头，今天咱们撂了他三个，这就行了，你还踢了人家一脚打了一拳，也算捞回来了，再打人家就不对了！"

东年就不再说话，我和明年也不吭声，红年又说："不过，咱们今天呀，可是损失很大！"

我们一听红年说损失很大，都不知损失了什么，便问："三哥，咱损失什么了？"

红年说："大近戈庄的那片山楂咱们可落不着去尝尝了，咱们打了大近戈庄村里的人，去'尝山楂'叫人逮着，人家还不狠狠地拾掇我们？"

我们说："那山楂又不是他自己家的，是他们大队里的，我们去尝他管不着吧？”

红年说：“你们不懂，如果去尝人家的山楂被抓着，你说那家伙管着管不着？我们不仅要被人家冠上‘小偷’的名号，肯定皮肉也要受苦，咱们决不能去冒险！”

红年这样一说，我们就觉得大近戈庄的那片山楂就是被我们打哭的那个家伙家的了。

从夺回那个布袋子、烧着吃了人家那十几个豆虫蛾子之后，大近戈庄的那片山楂我们就不再去想了，可越是不想，那片山楂就越是出现在眼前……

几年后，大近戈庄那个被我们打哭的家伙，竟和我们成了亲戚，他的姐姐嫁到了我二大大家成了我们的嫂子，这是后话！

（四）

因为那几个豆虫蛾子，我们痛失了到大近戈庄“尝山楂”的良机，被迫实行“战略转移”。转移的目标，就是“人字湾”对面赵家庄子的那片山楂。

“人字湾”水深莫测，那些神话故事、传说为赵家庄的那片山楂构筑了一道天然的保护屏障。

都吉台的“人字湾”实际上是村南的荆河与村北的浯河在东北角的交汇，由于北边的浯河自西而东的流向如同“人”字的一撇，村南的荆河由西南向东北流到与浯河交汇的地方正像“人”字的一捺。无论站在都吉台村的哪个地方，只要能看见两条河的交汇点——尤其是站在高处往下俯瞰，一个大大的“人”字就映在眼前。两河交汇之处由于北河水流湍急，南河水流缓慢平稳便自然形成了积水的现象，加上这地方河床特别宽，存水很多，宛若一片湖水。但村人没有湖的概念，便以“湾”相称，起名为“人字湾”。赵家庄的那片山楂林，因与我们隔着“人字湾”，要到那片山楂林里“尝山楂”，只能凫水。“人字湾”水深莫测，加上颇多的美丽神话和令人倍感害怕的传说，使其声名远播并令人望而生畏。我们曾多次想到“人字湾”里面试试水深，也想检验一下我们的水性，但到了“人字湾”边上，看着那片幽深的水和随风而起的波浪，我们的心里就打怵，试水深、验水性只能成为空想。但是，大近戈庄那片山楂成为可望而不可即的梦之后，赵家庄那片挂满树枝的红果，那酸酸甜甜的味道，只要想想嘴里立刻溢满口水，这种特殊的诱惑使我们跃跃欲试。

秋天的一个午后，红年紧急召集我们，说有大事商量。

我们问他何事，他说到了地方再说，保密半小时。

就在这保密的半小时里，我们跟在红年的身后，一直走到“人字湾”的“人”字交汇处，再往北就是由西向东流淌的北大河。

在“人字湾”西边的岸上停下，红年才说出了临时保密的“秘密”。其实他不说，我们也已经猜到了大概内容。

他站在岸边，面朝东，把脊背留给太阳。稍微偏西的太阳依然毒辣地照着他脸的侧面和光着的脊梁，他脸上的汗珠和脊梁上的汗水熠熠发光，只见他学着连环画上曹操给兵士们下命令的架势，往东一指说：“你们看，‘人字湾’那边就是一片山楂，那山楂已经发红，就等我们去‘尝尝’了，你们说，‘尝’还是不‘尝’？”

我们三人几乎异口同声：“听三哥的。三哥说‘尝’，我们就去‘尝’。”

红年就看了看我说：“顺年，数着你小，这‘人字湾’你敢不敢凫水过去？”

红年没问我能不能凫水过去，而是敢不敢，说明他知道我凫水的本事，关键是我有没有胆量。

我当然不能被他小瞧，便毫不犹豫地回答了他：“发大水我都不害怕，拽着牛尾巴都游到河那边去捞浮柴，还去看电影，这‘人字湾’的水又不像发大水那样急，就像咱家门口的大湾一样，水又不淌，我还过不去？”

红年又问明年：“明年怎么样？”

明年说：“顺年能过去，我还过不去？”

红年就像八路军首长战前动员的样子，得到了“战士们”的肯定回答，很满意地点了点头说：“好，咱们这就凫水渡过‘人字湾’，尝尝山楂酸不酸。”

听红年这样一说，我们三个没说话，只是傻笑。

红年见我们笑，以为是在笑话他，便很认真地说：“你们笑什么？我刚才说的可不是一般的顺口溜，这是诗。诗，你们懂吗？”

我们说：“不懂，真不懂。”

红年又说：“我的诗多了去了，你们现在都不懂，到你们懂诗了，我就专门讲诗给你们听。”

那时的我们确实不懂什么顺口溜什么诗，但红年的“凫水渡过‘人字湾’，尝尝山楂酸不酸”的诗却使我记忆犹新。后来我在外工作回家时，曾与这位从小关爱我们保护我们的三哥单独说话，回忆“尝山楂”的故事时，我又提及他的诗，红年竟有些脸红地说：“我那是在哄你们！”

不过，跟红年那次见面，他关于诗的许多理论使我受益匪浅。尤其他说的“诗源于歌，歌的基础是顺口，古体诗说到底就是顺口溜，后来又在字数、韵律方面做了界定，便起了个名堂叫诗，说到底，只要讲韵律讲对仗就是顺口溜。而现代诗则是讲自由，一句话可分为好几段，有些词汇可以颠过来倒过去，不讲字数、韵律、对仗，实际上是一堆白话的垒砌，但不是顺口溜。”他这不一定正确的见解给了我颇多启示。

我们听不懂他说的诗，红年并不计较，而是继续进行他的“尝山楂”战略部署，他接着命令道：“你们三个都没穿衣裳，就先往那边游着，我一会儿就追上你们了。”

我们从“人字湾”西岸高高的崖头上下来，试探着进入“人字湾”的水中。三个人都是第一次在“人字湾”里凫水，并且要到对面赵家庄的山楂林里“尝山楂”，对“人字湾”的吓人传说和去外村“尝山楂”的害怕，使我们三个人都紧闭着嘴巴，谁也不敢说话，只听到胳膊哗哗的划水声。快到“人字湾”中心的时候，我突然有些后悔、有些害怕，觉得不该逞能凫水过“人字湾”，更不该那么嘴馋要“尝山楂”，并且这山楂还不是都吉台村的而是赵家庄的。如果被赵家庄的人拿住该如何是好？想返回的念头在我的大脑里迅即闪现出来。不过，这个念头一出现，又立即被我否定。我已经在“人字湾”里游了一段距离，如果要回去，就是自己一人回，那不仅会更加害怕，还要被兄弟们笑话。再说，还没看见红年的影子，他要是看到我中途而返，肯定会相当严厉地“嫌吼”我，因为我是表了态的。我想，山楂就在前边，向前就能尝尝，向后又要成为空想还成了逃兵，考验自己的时候到了，关键时候，决不能往回返，只能往前游……

我立即调整了自己的情绪，其他的事一概不想，只想着发大水时我们跳到河里拽着牛尾巴到对面捞“浮柴”、拽着牛尾巴过河去二姑家看电影的事，那河水又急又大我都没害怕，这“人字湾”里风平浪静，根本就没有可怕之处。我还想到了每逢下大雨，在二大大和三婶娘家墙东边那个全村最大的大湾里踩水扎猛的勇气，那个盛满了各家各户“天井”里排泄出来的脏水的大湾，我们整天泡在汇集着牛粪、马粪、狗屎、猫屎和各种柴草树叶以及灰尘泥沙的湾水里，那湾水和“人字湾”的水没法比。那湾水又脏又臭，我们在里面又是仰泳又是蛙泳。那时根本不知道游泳这个词，只知道“仰个浮”“狗屎刨”“打扑通”。现在在干净的“人字湾”里游泳，真是一个天上一个地下。弟兄们都在这里，尤其是红年也在这里，平日看着都害怕的“人字湾”，现在不试试更待何时……

想到这里，我便翻了个身，以“仰个浮”的姿势往对面游去，不一会儿就游到了对岸，待东年、明年爬上河沿的时候我也紧跟在他们的腚后上了岸。

（五）

赵家庄的那片山楂林很大，成排成行，站在西头往里一看可以看得很远。树上的山楂，我们在“人字湾”西岸上看已经是红红的一片，可到了树下，看见的反而是红一半青一半的果子。我们三个人不敢轻举妄动，便在岸上等红年。等了一会儿，“人字湾”中间的水面上有一个黑点由远而近，但看不见红年的头。快到跟前我们才看清，红年是用一只手划着过来的，他的另一只手，举着他的裤子。

红年一上岸，我们还没说话，他就牛气地说：“看，我踩水踩得怎样，一只手举着裤子，一只手划着水就过了‘人字湾’！”

都是弟兄们，我们也不会奉承他，只在心里暗暗佩服，但对他举着那条裤子的行为有些不解，便问：“你不把裤子脱在那边，举过来干什么？”

红年哼了一声说：“你们真是傻，咱们过来‘尝山楂’，是坐在树下‘尝’吗？坐在树下‘尝山楂’不是故意让赵家庄的人来抓咱们吗？咱们来‘尝’，也不能‘尝’一个两个吧？多了怎么往回拿？你们三个都是光腚猴子，幸亏我还穿着这条裤子。把山楂摘了，装进这条裤子里咱们再回到‘人字湾’那边去，爱怎么‘尝’就怎么‘尝’！”

红年这样一说，我们心里更加佩服，觉得他就是比我们厉害还靠谱。东年说话有时多余，红年正在牛气的时候，他却支支吾吾说：“这山楂都不熟，肯定不好吃。”

红年想发火，但碍于在赵家庄那火就压下了，只狠狠地瞪了东年一眼说：“你知道什么？这山楂只有太阳晒着的才熟，熟的都在树顶。再说，咱们好不容易过了‘人字湾’，也不能白过了吧？我一会儿爬到树上，用竿子打顶上的，你们在下边拾，拾了就装进这裤子里。现在，你们先往里‘侦查’一下，看看赵家庄有没有人在看山楂，我去找根竿子。”

我赶紧问：“如果有人看见我们，我们怎么跟人家说？”

红年一边走一边说：“如果有人看见了，你们就说在‘人字湾’摸鱼，上来歇歇。”

红年说着，就顺着“人字湾”的东岸往南走。他去找竿子，我们就光着腚往山楂林里“侦查”。由于是在外村“尝”人家的山楂，我们心里底气不足，往里走时就忐忐忑忑，三个人猫着腰，使劲抬着头朝前看，真是一副小偷的样子。往里走了大约一半，感觉像走到最东头了，也没发现有看山楂的人，我们便转过头回到爬上岸的地方。这时，红年也从南边河沿上找到了一根如同小竹竿的柳树枝子，我们向他汇报没发现有人看山楂后，他又很不放心地往山楂林里边望了望。他望的样子也是猫着腰抬着头，那样子比我们还像小偷。待他确认真没有人在看护山楂后，他才直起腰来，恢复了指挥的架势，把他那条裤子往我们面前一扔，两手抱着树干，噌噌地爬到了一棵最大的山楂树上。

红年的裤子是条半裤，半裤就是裤腿在膝盖上下，因为缺布，用一块布的宽度做了两条裤腿，所以成了大裤裆、肥裤腿。裤子的长度不够，便又接上了一块白布做裤腰，裤腰也成了大裤腰，裤腿和裤裆是黑色，裤腰是白色，有半尺多高。把两条裤腿挽起系成一个疙瘩，便是两个大布口袋，加上肥大的裤腰，等于三个大布口袋，如果把它装满山楂，至少能装十多斤。我们在下边看着红年往树上爬，快爬到山楂树顶部的时候，红年找了个树杈把自己稳住，低头小声跟我们说："都别往上看，我一会儿往下打，山楂掉到脸上砸着眼可不是玩的。你们都低着头往裤子里拾，不用拾满，裤腿满了就行。"

我们就不再往上看，只听见红年在树上啪一竿子、啪一竿子往下打。那山楂尚未成熟，很难打下来，但山楂叶子却见竿就掉，他打下来的多是山楂叶子，也有几个山楂和叶子一起扑通扑通往下掉，我们就手忙脚乱地连叶子加山楂一齐往那裤子里装。我们三人一边往裤子里装山楂，一边一人挑了一个山楂就要往嘴里填，还没填到嘴里，就被树上的红年发现，只听他声音不大但无比严厉地呵斥道："先不准吃，快往裤子里拾！"

红年一声呵斥，把我们到了嘴边的山楂硬是逼着又扔进了裤子里，三个人的心里都很不愿意，但慑于红年的呵斥又害怕被赵家庄的人抓着，便手忙脚乱地山楂叶子连同山楂一股脑地往裤子里装。由于紧张和害怕，不一会儿，明年就觉出手背又疼又痒，他仔细一看，他的手背上正趴着一个很小很小的“刷马架子”，那“刷马架子”和山楂叶子一个颜色，不注意根本看不出来，如果不是掉在手背上更不会发现。明年的这一发现，让“刷马架子”把我们的“紧张与害怕”一下子“刷”没了，那“刷马架子”的可怕可憎、被“刷马架子”刷着之后的刺疼奇痒、那平常对“刷马架子”厌恶惧怕的心态，立即在我们身上起了反应，手上腿上脖子上都有了感觉，尤其是背上，觉得整个脊梁都热乎乎的一片疼痒。红年仍然在树上一竿竿地往下打，山楂和山楂叶子继续从上边往下掉，还一个劲地往我们的手上和身上落，我们想躲也躲不过去。我们坚持不住了，便离开那棵树，声音很小但很用力地朝树上的红年喊话：“三哥，别打了，有‘刷马架子’！”

红年没听清，便停下小声问：“装满裤腿子了？”

我们又重复说：“有‘刷马架子’，快下来吧！”

红年好像还没有听明白，只听清了让他快下来，他以为装满裤腿了，便又使劲打了两竿子，很快从树上下来了。他下来一看，见到地上还有很多没装进裤子里的山楂，便有些不满意地“嫌吼”道：“我一个人在树上打，你们三个人在下边拾都不跟趟，干什么中用？”

我们说：“不敢拾了，山楂和叶子上都有‘刷马架子’，把我们都‘刷’煳了！”

红年一听，很不相信地说：“山楂树上哪有‘刷马架子’？”

明年就拿起一片山楂叶子，翻过来让他看叶子的背面。

红年一看，那叶子的背面趴着密密麻麻的绿色的伸着黄刺的“刷马架子”，不是一个两个，而是一排，并且排得整整齐齐，他也很害怕地对明年说：“扔了，快扔了快扔了！”

这时，红年也觉得自己的胳膊、大腿、脊梁上开始又疼又痒，便看了看装进裤子里的山楂说：“咱们赶紧走，到‘人字湾’那边再说。”

看着尚未装满裤腿的山楂，我们三个人想拿却深感无能为力，单纯拿就是累点也能拿动，可是还要过“人字湾”，以我们的本事，凫着水根本无法把那些山楂拿到“人字湾”的对面去。红年也知道我们不行，便把那裤子提了提，然后一下子甩到后背上，只听他嗷的一声，接着就把那裤子扔到了地上，说：“我脊梁也被‘刷马架子’刷了！”

我们看了看红年的脊梁，他的脊梁和我们的一样，也被“刷马架子”刷了个遍，红红的一片。

“刷马架子”是什么东西？有些地方的人还给它起了个好听又不得了的名字，叫它“神兽”。它的“神”首先在于它的名字之多，我们家乡叫它“刷马架子”，还有的地方称它为“刷木架子”“刺毛虫”“扁刺蛾”“毛辣子”“洋辣子”“八角毛子”“蜇了毛子”“刺毛枷子”等等。其次，它的“神”在于生存的地方之多，它不仅我国南方有北方也有，而且分布在世界各地，不管热带、亚热带、温带还是寒带地区，都有它生存的空间。第三，它的“神”在于它的品种之多，按不完全统计，大概有五百余种，且形状各异、模样不一，如在百度一搜，那奇形怪状的模样让人眼花缭乱。第四，它的“神”在于它的食物之多，涉及粮食作物和花草树木等一百二十余种。

农村的大人孩子对“刷马架子”痛恨且仇视，还人人惧怕，但往往在不知不觉中就深受其害。被“刷马架子”刷是经常发生的事情，一般情况下，被“刷”的地方是局部，可这次因为要“尝山楂”，遇到的情况和平常就大相径庭，我们浑身上下所有的部位几乎被“刷马架子”全部占领，“全军覆没”。

红年往后背一甩那条裤子，裤子大面积地接触脊梁，他疼得跺脚，足以说明他后背被“刷”的严重程度。

那条盛着山楂和山楂叶子的裤子，红年不敢再往脊梁上背，只能用手提着，带领我们向“人字湾”快步走去。

红年用手提着装有山楂的那条肥大的半裤到了“人字湾”边，抬头向西岸望去。下午五点左右的太阳正与我们的眼睛平行，直直地照过来，天上有几朵白云由北向南缓缓飘动，我们的身上被微风一吹，那被“刷马架子”刷的刺疼和奇痒更加厉害。“人字湾”平静的水面上也起了一层层波浪，水波粼粼仿佛扩大了水面，我们不敢怠慢，就怕已经到手还没“尝”的山楂在这关键时刻被突然而至的赵家庄人截获。而此时，红年也感到再用一只手举着装有山楂的裤子踩水过“人字湾”力不从心。他想，把半裤在水里用竿子拖着，借着它的浮力肯定比举着要轻松很多，只是那裤子就湿了，湿了就湿了吧，过了“人字湾”把山楂倒出来，那裤子晾一会儿也就干了，即便不干，也可以穿着回家。

红年就把裤子的白色裤腰缠在打山楂的柳树枝子上，自己拽着枝子的另一头。他还是先让我们下水，他拽着半裤断后，以防发生意外。

我们在前边奋力游泳。由于水面有浪，加上被“刷马架子”刷着的地方一见水，疼痒更加难耐，我们也顾不上回头看红年，用尽全身力气终于游到了“人字湾”的西岸，爬上岸时，才回过头来看红年。只见他又往东岸游，原来是绑在竿子上的裤子和里边的山楂因见了水加重了分量，又有水浪的阻力，游着游着那条裤子连同里边的山楂脱离了竿子。他突然感到竿子轻了，回头一看，就看见那条裤子正从水面往下沉。红年立即回身，用力游了一会儿，看见往下沉的半裤，他怕来不及，如果沉到湾底再往上捞就费劲了，他狠狠扎了一个猛子，追上了那条半裤，一把抓住，用手拖着往“人字湾”西岸游来，那根竿子在水面上起起伏伏地随着波浪往下游漂去。

（六）

红年游到“人字湾”西岸与我们会合后，把半裤提起，抓着挽成一个大疙瘩的裤腿倒过来，将里边的山楂连同山楂叶子哗啦啦倒在了地上，他一看，山楂不多，总共四五十个，其余的全是叶子，那树枝把裤子顶得鼓鼓的，见了水都没缩小。他很不满意地对我们说：“你们三个人知道天上的龙只会打雷不会下雨是什么吗？”

我们说：“当然知道，不管打雷还是下雨，反正都是龙。”

他说：“只会打雷不会下雨的龙，你们想想，是龙吗？”

我们想不出来，看着已经摆在面前的山楂，心里就发急。好不容易渡过了“人字湾”，又是怕被赵家庄的人抓着套上偷山楂的名堂，又是被“刷马架子”把脊梁、肚皮、胳膊、大腿到处都刷煳了，本来山楂已经要填到嘴里了，又被红年一声断喝连个味都没尝着，现在山楂就在眼前，还不让我们吃，叫我们猜不会下雨的龙是什么东西，我们身上难受、嘴里难受、心里也难受，便很不耐烦地说：“那不会下雨的龙爱是什么是什么，三哥说它是什么就是什么吧！”

红年见我们不高兴，他也不高兴地说：“是‘松虫’，你们想，龙本来是下雨的，结果它就是不会，不是‘松虫’是什么？‘松虫’就是该干的活干不了，就像你们三个人一样，叫你们在下边拾山楂，拾了半天才拾了这么几个，不是和不会下雨的龙一样吗？三个‘松虫’，你们就是三个‘松虫’！”

我们也不跟他犟，都不吱声，你说我们是“松虫”就是“松虫”吧，我们都朝着那几个山楂使劲。

红年也看出我们在眼馋那几十个山楂，便又是嫌弃又是吩咐地说：“都坐下，‘尝’山楂，在那边冒着被人抓的危险不让你们‘尝’，现在没有危险了，可劲‘尝’。”

他一边说着，一边专门挑了几个最红的递给我和明年，又叫我们坐下，但他没给东年挑，而是示意东年自己挑。

我们不敢坐也不敢吃，便拿着山楂站在一边说：“三哥，这腚都‘刷’煳了，我们坐不下。”

红年看了看我和明年的腚，说：“嗯，‘刷’得是不轻。这山楂树上怎么这么些‘刷马架子’？不要紧，多吃几个山楂就好了！”

我们说什么也不敢坐，红年又说：“坐不下就站着‘尝’，咱们快‘尝’完，解解馋就回家。今天已经取得了胜利，胜利果实虽然少点，也是胜了，都使劲‘尝’。但说好了，再来一次你们都要由虫变成龙，我在上边打多少，你们就拾多少。”

我们一边答应着再到赵家庄的山楂林里坚决成为龙，决不能当松虫，一边开始吃山楂。我看见，东年自己也挑了两个山楂，他也没敢坐下，只有红年自己坐在地上。他把挑的两个拿在手里，用力甩了甩山楂上的水，然后填进了嘴里。我们看见红年把山楂填进嘴里，也连忙往嘴里填。几乎同时，四个人又一齐将还没嚼碎的山楂喷了出来，嘴里剩下的是一种难以形容的酸和涩，那不熟的山楂把我们的舌头酸得都不会打弯了，手下意识地在嘴唇上揉搓。红年也被酸得从地上一骨碌爬了起来，连声说："不熟，这山楂还不熟！哎哟酸死了酸死了！"

四个人的嘴都咧大了，大家想笑也笑不出来，只咧着嘴苦笑。

山楂不熟根本没法吃，身上被"刷马架子"刷得一阵阵地难受如虫钻针扎，还不敢挠，红年也没有了办法，平日指挥我们的架势全无，他看了眼太阳说："咱们回家吧，今天来'尝'赵家庄的山楂有点太心急，实际算是打了大胜仗中的一个小败仗，回去之后，谁也不准说，要保密！"

我们浑身刺挠地答应着。

红年弯腰把那些山楂抓起来，想把它们扔进"人字湾"里。他抓起来的时候，看见有两个熟了，又挑出来，分别递给我和明年说："这两个真熟了，吃了它吧。"

我和明年接过来，搓了搓上面的土便往嘴里填，可那山楂刚触到嘴唇，嘴唇就一阵疼痛难忍，我们一摸，感觉嘴唇很厚很厚，一开始被山楂酸得能咧开的大嘴张不开了，便对红年说："三哥，这嘴唇也被'刷马架子'刷着了！"

红年看了看我和明年，见我们的嘴唇已经肿了起来，他又心疼又好笑地说："坏了坏了，这'刷马架子'把我两个兄弟的嘴刷成'猪拱嘴'了，这可怎么是好？"

我和明年本来就嘴笨，被"刷马架子"刷得又张不开，想哭也不敢哭更不好意思哭，自己看不见自己的嘴到底肿成什么样了，我看明年的嘴明年也看我的嘴，我们两个人的上嘴唇往上翻着和两个鼻孔凑在了一起，真是和"猪拱嘴"一个样了。

我们强忍着疼，说：“这嘴被刷成这样，你让我们保密可怎么保？”

红年依然坚定地说：“一定要保密，要是被爷和大爷知道咱们来‘人字湾’就要挨‘嫌吼’，再知道是到赵家庄‘尝山楂’，那不得挨打？身上到处被‘刷马架子’刷煳了，挨打那不更疼？”

我们知道如果挨打肯定会更疼，便忍着难受点头向红年表示坚决保密。这时，东年也嗷的一声说：“我的嘴也被刷着了，是不是也成了‘猪拱嘴’了？”

我们朝东年看去，东年自己找了个熟了的山楂，往嘴里填时，嘴已经张不开了，他手里还拿着那个山楂，本来比一般人嘴大的东年，竟成了嘴唇很厚的小嘴，红年笑着说：“人家说长得俊的女人是‘樱桃小嘴’，咱们东年是男人，现在成了‘山楂小嘴’了！”

红年开玩笑这样一说，我们竟有了极其短暂的不那么刺痒的瞬间。为了不留下我们“尝山楂”的痕迹，红年弯下腰，把那些山楂拾了拾，用力扔进了“人字湾”。那些山楂叶子和树枝因为太轻扔不下去，他就用脚往河沿下边驱，只见他驱了几脚也差不多了，两手却摸着两只脚不拿开。他一边摸着脚一边说：“这‘刷马架子’还真厉害，把我的脚给‘刷’着了！”

我们已经顾不得看他了，各人身上难受得不敢挠，恨不得找条地缝钻进去。正在难受之际，又听红年大声一叫：“不好，‘刷马架子’！”

我们还没反应过来，以为红年又发现了哪里有“刷马架子”，便很是警觉地朝他看，只见他着急地脱那条半裤。他把那些山楂和叶子弄到河里之后，便拧了拧水把裤子穿在身上了，他刚把裤腰系了个疙瘩，还没来得及给我们下命令往家走，他就感觉不好，从大腿根到腚沟一阵刺痒，他知道裤子里边肯定是有“刷马架子”或“刷马架子”的毛，便大声喊着赶紧往下脱裤子。可是，那条裤子还没干，紧紧地贴在他的身上，他脱了两下竟没脱下来。大概是腚被“刷马架子”刷厉害了，只见他提着裤子，迅速跳进了“人字湾”里。红年跳进“人字湾”里，借着河水的浮力才脱下了裤子，他把裤子在水里反反复复地用力冲洗，冲洗了一会儿，才从“人字湾”上来。

红年从“人字湾”上来的时候，我们眼前出现了一个“奇观”：他的屁股变得肿大，比原来大了几圈。我们一看，都忍俊不禁，却不敢张开嘴笑。红年见我们笑他，便低头用手一摸，那种刺疼把他难受得立即蹦了一个高，他的脸上出现了我们从没见过的痛苦。我们见他无比痛苦，就说：“三哥，这裤子别穿了！”

红年看了看裤子，又看了看腚，本来想不穿裤子和我们一样光着腚回家，可因下边变化太大，他便咬牙穿上了裤子，在前边领着我们往家走。

一路上，我们什么也没想，只有那种难耐的被“刷马架子”刷到的疼和痒。红年走起路来也变了样子，两条腿叉着，手还忍不住地摸腚沟，他一摸，浑身就一哆嗦，一摸，浑身就一哆嗦！

我们在痛苦中跟着哆嗦的红年艰难地走到二大大家门口，分手的时候，红年又嘱咐说：“严格保密，上‘人字湾’那边‘尝’赵家庄山楂的事谁也不准说！”

我们都答应着，严格保密。

有些事情的“密”是很难保住的，尤其被“刷马架子”刷到想保密更难，不仅外表能看得出来，关键身上忍不住刺痒。

我回家后，坐不敢坐，就在磨旮旯里转悠，吃饭也不敢到桌子跟前。家里的桌子都是那种很矮的长方桌，放在地上，吃饭时坐着小矮凳或马扎子。天暖和吃饭都是在天井里，为了省灯油，天还亮就吃晚饭成为一般农户的习惯。我不敢往前坐，父亲就问：“怎么了？在外边胡反反饱了，不吃饭了？”

我不敢看父亲，背对着他说：“不吃了。”

父亲就说：“怎么不吃了？回过头来！”

我一下子忘了嘴被“刷马架子”刷了，一回头，就被父亲看见了，他说：“那是咋？怎么成了‘猪拱嘴’了？”

我不敢说，赶紧又把头转回来，不敢再看父亲。父亲觉得是个蹊跷事，便站起来，走到我跟前，先看了我的“猪拱嘴”。我拔腿就要往外跑，结果被父亲一把抓住胳膊，我疼得嗷的一声。父亲便松开抓我的手，一看，我不仅是个“猪拱嘴”，胳膊上也红红的一片，好像粗了一圈，他接着问：“这是干什么了，胳膊都烟了？”

我想着红年的命令，但嘴上和身上的现状却瞒不过父亲，又怕被父亲打，便吞吞吐吐地小声道：“被‘刷马架子’刷着了。”

其实我不说，父亲也知道是被“刷马架子”刷着了，他继续问道：“在哪里胡闹‘刷’着了？”

我一时没想好怎么回答父亲的问话，想起父亲平时一再说为人要诚实要善良，说话要说实话，尤其担心编假话被父亲识破，那肯定会挨巴掌的，又因为疼痒实在坚持不住了，便顾不上红年要保密的要求了，说：“俺到‘人字湾’那边赵家庄的山楂林里想‘尝尝’人家的山楂是不是熟了，被山楂树上的‘刷马架子’刷着了。”

父亲就说：“你们净胡闹，山楂现在还不好吃，你们去尝什么尝？”

我说：“看着红了。”

父亲说："还早呢，山楂只有到下霜的时候才好吃。再说，熟了也不能去偷人家的，'刷'轻了！"

我又下意识地挠了一下肩膀，又嗷的一声。

父亲转身走进屋里，找出一块"渣酱"（豆腐渣做的酱），放在碗里，倒上水，把酱搅成糊糊状，说："被'刷马架子'刷了，最好用碱水洗，咱家没有碱，抹上酱也管用，能止痒，但不能挠，上一次到围子沟里摸'知了猴'被'刷马架子'刷着，摸上酱才好的，是不是忘了？"

我说："没忘。"

父亲把酱调好了，问我："除了胳膊和'猪拱嘴'，还刷着哪个地方了？"

我说："浑身。"

父亲就弯下腰，先认真地看了我身上被"刷"的地方。

看着父亲认真的样子，我想起了去围子沟拿"知了猴"被"刷马架子"刷了父亲给我抹酱的情景，竟一下子哭了起来。

我们村高高的古城墙村人习惯叫作围子墙，原来的护城河由于不再需要发挥护城的作用，年久失修，仅存一条宽宽的深沟，我们叫它围子沟，沟里从村北头沿围子墙往南一直到村南头再拐弯至村东南头全是一行行的辣条（辣蓼），那辣条上长满了"刷马架子"，但同时又生出很多"知了猴"，一到季节，我们便不知深浅地冒着被"刷马架子"刷的危险去拿"知了猴"。

父亲见我哭了，以为是被"刷马架子"刷得忍不住了，便说："别哭了，谁叫你们整天这里跑那里窜，还去'尝'赵家庄的山楂，那是赵家庄的在警告你们，谁要是来偷山楂，就叫他先'尝尝'被'刷马架子'刷的滋味，以后想着，这种事可不能再去了！"

我说："俺红年三哥说了，等山楂熟了，我们再去尝。"

父亲说：“还再去尝？看你们还敢去！”

我说：“那我就告诉他，爷不让去了。”

父亲说：“不去就对了，想着别忘了！这次被‘刷马架子’刷着了，爷给你抹酱，再去干那样的事，爷不给你抹酱，还要打你的腚。现在就忍住哈，爷开始给你抹酱，就是抹上酱，也要三天五天才好的。”

我竭力控制住不哭。

父亲不给我抹酱还好，他一抹酱，就要近距离看，他一看，我全身都是红的，好像身上又生出了一层皮，没“刷”着的地方凹着，“刷”着的地方凸着，凹的地方很少。可能是为了缓解我的疼痛，不让我再哭，父亲笑着对我说：“‘刷’成这样，抹这一点半点酱是不管用的，不用说咱家里没有那么多酱，就是有，浑身都抹上酱，也没法睡觉。忍着吧，忍到明天，叫上你那几个弟兄到‘岗子泥湾’，把身上全部抹上一层‘岗子泥’，晒干后就揭下来，揭的时候要忍住疼快揭，然后再抹一层，再晒干，再揭下来，再抹……一天的工夫就好了。”

听父亲说还有抹“岗子泥”晒干揭下来这个办法，尤其是被“刷马架子”刷成这样父亲也没打我，我心里便高兴起来，我就想我那三个哥哥回家后是什么情况，想也想不出来。

那天夜里，我一直躺不下，坐下站起来、站起来又坐下折腾了一夜，迷迷糊糊的满脑子都是“刷马架子”。

第二天一早，放下饭碗，我就跑到二大大家找红年，红年也正往外走，见我跑来，便问：“咋了？”

我说：“爷说了，叫咱们去‘岗子泥湾’，浑身抹上‘岗子泥’，晒干了揭下来再抹上，抹三五遍就好了。”

红年听我这样一说，接着审问道：“是不是你泄露秘密了？”

我就实话实说："爷问怎么被'刷马架子'刷着了，我一时没想好怎么回答，一下子就说出到'人字湾'那边去'尝'赵家庄的山楂，被山楂树上的'刷马架子'刷着了。"

红年就笑了笑说："我也没坚持住，说了实话，其实我不说，东年也会说！"

我问："你说了，俺二大大怎么着？"

红年说："你说怎么着？你二大大拿起门口的扫帚就朝我打来，幸亏我跑得快，只是那个扫帚梢扫到了我的脊梁，哎呀，那一扫，把我疼得直接受不了！"

红年说到这里，光想着二大大打他没打着的情景，竟忘了我们身上到处都被"刷马架子"刷煳了，很得意地拍了一下我的肩膀。他这一拍，又把我拍得嗷的一声。

红年知道拍到了我被刷着的地方了，也没说别的，只说："你快去叫明年，我吆喝一声东年，你二大大也说用'岗子泥'就把'刷马架子'毛拔出来了，咱们赶紧去'岗子泥湾'。"

我们到了"岗子泥湾"，二话没说，四个人一齐跳到河里，顺势沉到水底，摸索着挖"岗子泥"。每人都挖了一大块，浮出水面之后，跑到了河南岸的沙滩上，自己在自己的脸上、脖子上、肚皮上、腿上都抹了厚厚的一层"岗子泥"，脊背够不着，便互相抹。待全部抹好后，谁也不认识谁了，大家便找了个干沙滩躺在上边，四仰八叉地晒太阳。我们晒着太阳，红年发话了。红年说："这赵家庄的山楂咱们再也不去'尝'了，请咱们去'尝'咱也不去'尝'，叫这'刷马架子'糟蹋坏了，我和东年在'过道'里蹲了一夜，蹲的时候，还被你二大大好'嫌吼'！"

明年就问："怎么'嫌吼'你了？"

红年说："说数着我大，领着你们胡闹，被'刷马架子'刷着，实际是做坏事叫坏人坏着了。”

我说：“‘刷马架子’又不是人，怎么还叫坏人坏着了？”

红年说：“你二大大说了，‘刷马架子’实际上就是坏人变的，是最坏的人。最坏的人你们知道是谁吗？”

我们说：“不知道。”

红年说：“你二大大不是给我们讲过《岳飞传》吗？害死岳飞的那个人是秦桧，秦桧就是最坏的人，据说，这‘刷马架子’就是秦桧的汗毛变的，他临死时把自己的汗毛刮下来撒了满天，汗毛都变成了‘刷马架子’害人。”

我们躺在沙滩上，晒着太阳，听红年讲从二大大嘴里听来的故事。

红年继续说：“今后我们要好好提防坏人，要像躲避‘刷马架子’那样躲避坏人。但是，所有的坏人都像‘刷马架子’一样，伪装成什么样的都有，不让你发现，你就是发现了，他也给你个好模样看，‘刷马架子’什么模样的都有，坏人也是。咱们最好的办法就是离他们远一点，要不，你一旦碰着他，他就给你亏吃，就出坏点子害你。你看这‘刷马架子’把我们害的！”

关于“刷马架子”是秦桧汗毛的说法我至今难忘，有些坏人总是像“刷马架子”那样，在你毫无提防的情况下害你，给你亏吃，使你防不胜防。

摸西瓜

——童年事略之三

（一）

我们都敬爱二哥。

二哥吃苦耐劳、风里来雨里去靠苦干赢得了群众信任，树立了自己威信，全票当选为生产队副队长。

我们都憎恨二哥。

二哥活泼不足、严肃有余，一张黑皮西瓜似的长脸幽幽发亮，轻易不露笑容，集体的东西在他眼里非常重要，秫秸相当于房梁，如同一只铁翅子鹁鸽一般一毛不拔。

我们都惧怕二哥。

二哥五大三粗、气壮如牛，驾起千斤小车行走如飞，双臂夹上两个碌碡绕打麦场转三圈连粗气都不喘，倘若有事犯在他手上，肯定挨不住他那蒲扇似的一巴掌。

二哥是从我们曾曾祖父那辈分出来的一支。二哥格外特殊，本来是“年”字辈，而他偏偏不用“年”用了“福”，他家大哥叫赵大年，他就成了赵大福。其实任何人的名字都是一个符号或标记，主要目的就是为了与他人区别开来。只有有区别才能显出每个人脾气、性格、为人、能力、品德等与众不同之处……

（二）

世上没有无缘无故的爱，也没有无缘无故的恨，这教导那时就牢牢记在我们心坎中，给我们童稚的心灵打上了深深的烙印。我们爱二哥是因为生产队种西瓜是二哥的坚持，没有他的主张和坚持生产队不能也不敢去种西瓜。其他生产队也曾经种过西瓜，但种过一次就绝不敢再种第二次，他们种的西瓜不仅成为孩子们的“摸瓜训练基地”，也成为大人们经常光顾的地方，为此，他们这些生产队是年年种瓜不见瓜，不去摸或不能去摸的社员白吃亏，按少数服从多数的原则大家便做出决议由此再也不种西瓜。全村都这样，唯独我们生产队年年照种不误，村里那些想偷瓜想摸瓜的大人孩子们只能望瓜兴叹，因为我们队里有二哥。也就是因为这一点，我们恨二哥远比爱二哥超出十倍百倍甚至千倍万倍，那恨一旦上来我们便在背后咬牙切齿地叫着他的乳名又咒又骂直至将二哥骂得如抽筋剥皮方才罢休。我们之所以恨二哥恨得如此强烈、如此彻底就是因为他一反常态竟做出决定由他自已亲自看护那片西瓜。

那些年，我们生产队种西瓜既不多种也不少种，每年只种二亩三分地。种瓜的时候二哥从不动手只管动嘴，但地却由他选，亩数由他量，看瓜人由他定。二哥量地不用尺，只用大步一走，那二亩三分地保证不差分毫。二哥选地块更是别出心裁，一年一个新花样，变着法子对付我们。可聪明反被聪明误。二哥的企图总是以我们胜利他失败而告终。尽管二哥每年都千方百计把那二亩三分地的西瓜藏在大片大片的玉米或高粱地中间。尽管二哥每年都更换一个看瓜人，先施以教育再讲明条件最后定任务，看瓜人情不情愿最终都得接受，但到头来不仅那二亩三分地的西瓜难逃厄运就是看瓜人也百分之百地要挨上二哥一顿狠批再扣去若干工分。二哥的失误就在于他没有深刻认识到那大片的玉米或高粱在藏西瓜的同时又专门为我们架起了“青纱帐”，我们完全可以在青纱帐里游刃有余得像游击队袭击鬼子那样袭击西瓜。不仅如此，二哥的失误还在于他每年更换一个看瓜人。新的看瓜人尚未摸清情况，也未掌握我们的战略战术，我们完全可以在新看瓜人的眼皮底下抱走西瓜。

我们的错觉给我们带来了若干美梦。当二哥选定那个既靠河沿又挨路边、连阎王爷也不敢在此种西瓜的地方种西瓜时，我们兴奋得又是唱又是跳，连续几天手舞足蹈，仿佛那西瓜已经装进了我们的肚子里，二哥的形象在我们眼里一下子变得和蔼可亲，已相当于传说中慈悲的观世音菩萨。夏天的河沿是我们的领地，这是谁也否定不了的事实，谁也剥夺不了的权利。西瓜种在河沿等于种在了我们的嘴边。

（三）

西瓜在我们的梦中长得飞快，可实际又慢得出奇，直把我们急得吃不好饭睡不着觉，天天派东年哥去侦察瓜情。终于，在一个燥热难耐的黄昏，我们这支队伍在最高指挥红年三哥的率领下，聚在村头假装一起乘凉等待“侦探”东年的情报。红年三哥在二大大家兄弟们中排行第三，东年是第四。我们这支队伍主要力量就是红年、东年、明年、顺年四个人，我们大言不惭地称自己为“四方面军”，其余晚辈皆为后备力量只能按需要招之，我们“四方面军”的最高指挥红年那时十一岁，其次是东年九岁，明年八岁，顺年七岁。就是这样一支队伍几乎天天晚上有行动有战斗，我们曾经转战南北、脚踏涺、荆两河如游击队般活动在半径十里内的十几个村庄中，南有彭戈庄、朱苏铺、乔戈庄、北有临涺、小石埠、高家庄，东有赵家庄子、小坡村和三个城阳，西有石桥子、后牛市和一溜近戈庄，这些地方我们不仅有暗哨还有侦探随时提供哪里有电影哪里要唱戏的消息。一旦得到消息，我们就家不回、饭不吃立即奔赴看电影的战场。有时因情报不准使我们连续三个晚上扑空，我们也不埋怨反而更加锲而不舍、意志坚定。农村文化的贫乏和电影对我们的诱惑使我们练就了一双踏荆踩棘的铁脚板，赤脚来回一二十里根本不在话下……

那个燥热难耐的黄昏，我们焦急地等待着“侦探”东年的影子和他侦察到的消息，在焦急的等待中对东年报以极度的不满，说他笨如猪慢如牛连电影中侦察兵的一根手指都不如……

终于，在太阳最后一抹余晖也隐到西山背后的时候，我们看见了东年。东年慌里慌张、气喘吁吁地带来两个重要情报：一是西瓜已经熟了，他趴在离看瓜屋子最近的高粱地里汗流浃背近一个小时，亲眼看见村治安主任从瓜地边走的时候拎上了一个硕大的西瓜，用破麻袋左绑右缠地甩在肩上。西瓜紧贴着他的后背一颠一颠的，他转着弯子回了村里。东年说到这里时也学着二大大讲故事故意卖了个关子不再往下说，只用手抹汗，我们在等待中仿佛看见治安主任正背着西瓜朝我们走来。这时，红年三哥见东年只顾擦汗不再往下说了，便大声呵斥：“赶紧说第二个情报！”

东年嗫嚅着说：“看瓜人是大福二哥！”

我们几乎同时张大了嘴巴！看瓜人竟然是大福二哥，这一点谁也没想到，却是真真切切的事实。治安主任拎走的那个西瓜就是二哥费了好长一段时间亲手给他挑的。两条信息犹如久旱盼甘露，降临的却是一声骇人的惊雷，把我们惊得目瞪口呆、两眼发直，全没了主意，待缓过来才围着东年再三审问情报的可靠性。东年在大家七嘴八舌地问询下急得语无伦次、结结巴巴，带出了哭腔："怎……怎么会……会是大福……二哥呢？二哥都不去看瓜，怎么……怎么是大福二哥看……看瓜啊？前天明明是……是咱大爷在瓜地转……转悠，怎……怎么今……今天就会变成了二……二哥呢？在……在这之前……从没发现二哥到……到过瓜地边……怎么就……"

那天晚上，我们针对看瓜人变成了大福二哥一事研究战略战术一直研究到深夜。尽管战术研究得具体细致，但可行性我们心中都没数，尤其在研究的过程中只要一提到大福二哥，一种后怕就会从每个人的腚巴骨顺着脊梁直冲脑门。然而，怕二哥归怕二哥，那香甜美味的西瓜诱得我们决定铤而走险。

（四）

我们的战术开始实施是在两天后那个月落星繁的夜晚。当晚饭后户外乘凉的大人们都回家进入梦乡之时，我们借着夜幕的掩护悄悄向那片西瓜地进发。这次行动我们用的是"四面出击"，即四个人从东西南北四个方向一齐向瓜地进攻。我们的意图显而易见，就是想从四个方向一齐动手让看瓜的二哥看了东边望不见西边。

按照总指挥红年的部署，大家必须保持一不怕二哥、二不怕二哥、三还是不怕二哥的精神状态和蹑手蹑脚又勇往直前的动作，务必不弄出响声，摸到西瓜就撤出战斗阵地。

那次行动因我年龄最小，红年指挥让我在靠近大路的西边往里进攻以方便撤退，而他们三人从东南北三个方向进攻，其撤退条件远不如我。我们定好只要摸到西瓜就算胜利，应迅速撤到南河“岗子泥湾”处集合。我严格按照红年的部署，心里一边默默念叨着“不怕二哥、不怕二哥”给自己壮胆，一边爬进了西瓜地。我爬了也就一两米的距离，左手就触到了一个不算很小的西瓜，我惊喜之余右手来给左手帮忙，可两只手一齐用力也无济于事，怎么也摘不下来。情急之下我干脆站了起来，两手抱着西瓜用脚踩着瓜秧，用尽全身力气总算摘下了那个西瓜。从我摸到西瓜到摘下西瓜，这个过程中惧怕二哥的念头已无影无踪，仿佛这个西瓜就是二哥，已被我胜利拿下。十分的兴奋使我忘记了红年强调的“拿到瓜就立即不声不响撤出战斗阵地”的部署，而是双手抱着瓜往外走。我刚走出瓜地到了路边的高粱地时，就听见二哥从屋子里出来大喊一声：“谁？我看见你了！”

我不知二哥是看见我了还是看见他们了，便透过高粱的缝隙往屋子方向看，只见二哥往正南方向走去，我以为二哥肯定是看到了他们的情况，便按捺不住地大喊了一句：“快跑，二哥看见你们了！”

那三个听到我的大喊一时惊恐万状，也顾不得不声不响撤退的部署了，从三个方向站了起来慌不择路地钻进了高粱地。

当我抱着那个西瓜喘着粗气撤退到“岗子泥湾”的时候，他们三个早已在此等候，见我来了，红年张口就是严厉地“嫌吼”加批评：“顺年，叫你不声不响撤退，你反而大声喊叫，弄得我们一无所获、空手而归。”

我心里有些冤屈，但还是据理力争说：“你叫我们‘三不怕二哥’，怎么都怕了？都是站起来跑谁也没不声不响撤退，你们空手而归我可是大获全胜，你们谁抱回西瓜了？我抱回的西瓜在此。”本来东年、明年也要责备我的，但我实实在在抱回了西瓜，他们却连个“瓜纽子”（很小的瓜）也没拿回来，就不好意思再说我什么。红年三哥也感到理不强词不壮，没能经得住怕二哥的考验反而带头违背部署乱跑着撤退，而我毕竟抱回一个西瓜且不算很小，批评我他真是从心里过意不去。于是，他来了个一百八十度大转弯由批评变为表扬，说：“顺年还是很勇敢的，咱们谁也没抱回西瓜，只有顺年抱回来一个，还这么大，就这一个西瓜足以说明我们这次是胜利的，如果没有这个西瓜就是失败的。还说明二哥根本就不可怕，只要我们胆大心细就能让他防不胜防。顺年要再接再厉，争取再次抱回更大的西瓜，东年、明年要向顺年学习……”

在我们三个已经等不及的情况下，红年还在继续发表他的宏论。红年是闭眼说还是睁眼说我们也看不清，就是白天看他的眼不十分注意也分不清他是睁眼还是闭眼，特别是他跟着二大大学会了一些讲故事的神态，那表情怎么都像闭着眼睛，为此，我的那些嫂子们共同给他赠送了一个响亮的外号——“三星斋红年”，时间长了，嫂子们喊他时那个“三”便省略，只剩“星斋红年”，再往后，干脆红年也省略，最后便成了“星斋”，只要一喊“星斋”，别人都知道是在喊他，他也会顺其自然地答应。（星斋乃诸城、安丘、高密一带著名的瞎子说书艺人，姓宋名星斋，诸城相州镇人士，他吹拉弹唱十几种乐器一人操作，堪称一绝，被诸城文化馆聘为农村文化宣传员）。趁“星斋红年”

滔滔不绝发表他的宏论之际，东年借着微弱的星光举起拳头两下就把西瓜打开了，我们三人每人先抢了块大的吃了起来，“星斋红年”这才停下了他的宏论。那个瓜不知熟了没熟，根本看不清颜色，只尝到点甜滋味我们就感觉是熟了，我们吃得满嘴满脸，连鼻孔里都塞满了西瓜。

（五）

相隔两天，一个烈日炎炎的中午，饭碗还没放下我就听见了《大海航行靠舵手》的笛音，这是我们这支部队的紧急集合暗号，只要听见“星斋红年”的笛子一吹，就要赶紧跑到南门底下集合。（当时我们村的平昌故城城墙还在，在环绕整个村一周的城墙上分别嵌着东、西、南、北和东南、西南、东北、西北八座气势雄伟的石砌城门，在村东北角还有一个比这八座要小很多的专门负责下雨时排水的出口，称为“小水门”。）我赶到南门底下的时候那三位哥哥早已在此等候多时，见我匆匆赶到，“星斋红年”马上命令道：“走。”我们也不知去哪儿更不知要去干什么，我们不敢问但心里都很明白肯定是与西瓜有关，便一言不发地跟在“星斋红年”的屁股后边走。路上升起一股黄黄的、细细的尘土，这股黄黄的、细细的尘土被正午毒辣的太阳一照便现出星星点点的金黄，一道道扑在我们的身上，罩在我们的头上，如同耀眼的光环在我们的周围和头顶环绕。这炫目耀眼的金色光环一直跟我们跟到“岗子泥湾”的崖头上。到了“岗子泥湾”的崖头上，“星斋红年”一边自己脱衣服一边命令我们：“脱了，下去。”我们身上的衣服已经简单得无法再简单，只有一条刚能遮盖着腚的小裤头，“星斋红年”的命令尾音未散，四个光溜溜的男子汉便一字摆开站在了“岗子泥湾”的崖头前，接着就是扑通一声，我们一齐跃进了“岗子泥湾”。那时“岗子泥湾”的崖头离水面丈二有余，下面深不可测。我们从崖头跳下，犹如现在跳水运动员从跳台上跃入水中的慢镜头播放的优雅动作，我们在水里溅起一簇浪花接着冒出一圈水泡后才露出头来。当我们三人都露出水面时，只有“星斋红年”尚未露出，我们正在纳闷，只见“星斋红年”双手抱着一团我们称“岗子泥”的黑泥咕噜一声冒出了水面。我们不知他要干什么，便跟着他一直走到河对面的柳树丛里。他把黑泥放下，手里留着一块，左右开弓在自己身上抹来抹去给我们做示范，不一会儿，“星斋红年”就变成了一个黑色泥人，只露着两只小眼睛在骄阳的照射下闪闪发光。

这“岗子泥湾”的“岗子泥”其实是荆河两岸的一个奇迹。蜿蜒几十公里的荆河两岸全是黄土或黄沙土，唯独到了我们村前，荆河由西南方向急转弯往东流淌的地方形成一个很大的旋涡，这旋涡经年累月的冲积使这里变得河床宽阔，就是在这里，出现了来历不明的黑泥。这黑泥并非河水冲积而成，但就是不明缘由地出现了这种极其特殊的黑泥。这段河岸有近千米。这种纯色的乌金般的黑泥柔软细腻、黏性很强还伴有一股淡淡的青草芳香，抹在墙上下雨都冲不掉。“岗子泥湾”是我们锻炼凫水最重要的训练场地，在这里，我们不仅学会了游泳、潜水、渡河，还学会了跳水，包括正体跳、反体跳和转体跳，同时也摸透了“岗子泥”的黏合力，抹在身上一旦晒干根本不会脱落，只有在水里浸泡半个小时以上方能洗掉。

“星斋红年”把自己变成黑色泥人后便要求我们学着他的

样子往身上抹泥，他充当了化妆师的角色亲自帮这个抹抹这里、帮那个抹抹那里，等都抹完了他又详细审视了一遍，见都已成为黑色泥猴的模样，便说："行了。"然后他讲了他的战略和战术要求：一是目标，"岗子泥湾"西南方向的高粱地里的西瓜就是目标；二是战术，采取接力的办法，依次为红年、东年、明年、顺年，待爬上河沿穿过高粱地匍匐进入西瓜地后，红年在最前边摘下西瓜往后传给东年，东年传给明年，最后传给顺年，顺年拿到西瓜后不能站起来，要后退着爬，爬进高粱地，将第一个西瓜放下再返回取第二个；三是战果，这次战斗只准胜不许败，不要贪多，就取四个。最后他强调，每个人必须牢固树立"三不怕二哥"的思想，一旦二哥从屋子里出来，要保持镇静，趴在西瓜地里一动不动，我们身上涂着黑泥，和西瓜的颜色一样，只要我们不动，二哥就会把我们都看成西瓜。

"星斋红年"部署完毕后迅即率领我们沿着河沿直奔高粱地，钻进高粱地后他一边打着手势一边匍匐着往西瓜地里爬，紧接着东年、明年也爬进去了，我趴在距离西瓜地两米左右的地方。我刚爬进定好的地方，前面就咕噜咕噜传过来一个个头不小的西瓜，我将那西瓜用脚往后一蹬，西瓜就咕噜一声滚到了高粱地边，我倒爬着退到高粱地边把西瓜抱进里面，又赶紧返回西瓜地。这回前边又传来一个西瓜，我又蹬到高粱地边，然后再抱进里边……四个西瓜抱进了高粱地的时候，就听见屋子里传出二哥大声咳嗽的声音，"星斋红年"立即传下命令："趴着一动不动！"

我们屏住呼吸一动不动地趴在西瓜地里，正午的太阳把西瓜秧晒得蔫不拉几，西瓜叶子也耷拉着。我们的身上出着汗，汗在已干的"岗子泥"里顺着皮肤淌着，如同一条条小虫子在身上爬行，那滋味奇痒难耐，恨不能钻进地里把二哥当西瓜啃了。二哥在屋子边转了一圈，见他在屋子的背阴处撒了泡尿又钻进了屋里，我们的心才落了地。此时，“星斋红年”发出了撤退的命令。当他们都快退到高粱地里时，东年、明年各自从自己身边又扯下一个西瓜，我见他们两人分别摘下了一个西瓜，也不甘示弱地又冲进了西瓜地，抱起一个大瓜不管三七二十一地站起来跑回高粱地。整个战斗除去趴着不动的那段时间总共就是一个小时的光景，战斗过的地方已是狼藉一片，瓜秧倒的倒、断的断，而我们的战绩却是辉煌无比。因胜利果实太大，四个人七个瓜根本无法拿。还是“星斋红年”办法多，待一个个西瓜从高粱地里搬到河沿时，他让我们把瓜一个个放进水里，让它们漂在水面上顺水而下，我们也都趴进水里只露出头跟着西瓜朝“岗子泥湾”撤退。

到了“岗子泥湾”，大家一齐努力将七个西瓜搬到了河南岸的柳树林里。看着这无比辉煌的胜利果实大家无不想笑逐颜开，这一想不要紧，兄弟四人几乎同时意识到脸上身上抹着的“岗子泥”还牢牢地黏在上面，既不能笑逐也不能颜开。这时，也许是因为这次“战役”取得了胜利，也许是因为指挥的正确，“星斋红年”说话用词的腔调都变了，就像戏里的元帅那样命令我们道：“洗掉……头上……脸上……身上的‘岗子泥’，回来……干干净净……痛痛快快……高高兴兴地……吃西瓜。”

这次胜利果实的分享对我们来说不是一般地割西瓜、吃西瓜，而是一种前所未有的奢侈或者说是前所未有的糟蹋。我们四个人每人手里拿一根树枝，树枝粗细不一，一头弄一个尖和一个斜叉当一柄锋利的刀，每人选定一个西瓜用树枝切开分为四份，相互交换便等于每人吃到了四个西瓜，这些都是“星斋红年”亲自安排的。我拿着树枝将手里的西瓜翻来覆去地割就是割不开，看着东年、明年已经割开了两个西瓜我便急了，把手里的西瓜往“星斋红年”脸前一放就跑到明年、东年跟前先吃起来了。吃第一块的时候还可以，毕竟从往身上抹泥开始，到钻进高粱地将西瓜一个个倒出来，又顺河水冲到“岗子泥湾”，最后将西瓜搬到柳树林，这么长的时间已经口干舌燥，那西瓜一到嘴里不管甜与不甜都吞了下去，再往后吃我们就只找甜的地方挖着吃，光吃那中间最甜的瓜瓤，四个西瓜连一半也没吃进肚子里，于是便再割开一个，再割开时还是只抠瓜瓤吃。一会儿工夫七个西瓜就打开了六个，大家也吃得差不多了，再甜的瓜瓤也不想往下咽了。这时，太阳已经偏西，大约在三点半到四点的时候，“星斋红年”突然想到该回家了，便命令东年到“岗子泥湾”的崖头上找衣服。东年不敢怠慢，一个猛子就扎到河北岸，爬到“岗子泥湾”的崖头上左顾右盼怎么也找不到衣服，便大声朝我们喊：“裤头都不见了！”

（六）

听东年喊裤头都不见了，我和明年没觉得怎样着急，继续在原地多一口少一口地啃着西瓜，“星斋红年”却急了，他跳起来一个猛子也扎到了河北岸，几步就窜到了“岗子泥湾”的崖头上，在放裤头的地方转了几圈，一点裤头的踪影也没看见。他和东年又扩大范围找了一会儿还是毫无结果，无奈，便重新返回河南岸的柳树林里。这时，吃西瓜已经不是主要的了，主要的是想办法找到裤头，只有穿上裤头才能经过南门、两条大街、三条胡同回到家，我们三个光着屁股走街串巷很正常，对“星斋红年”来说却有些太难为情了。尽管他才十一岁，但如果长得个子矮还好说，他偏偏长了个细高个子，乍一看就像十五六岁的半大小伙子，那么高的半大小伙子如果在大街上光着屁股走那也太不雅观、太不像话了。

我们三个将他围着，一个个瞪着眼睛、抓耳挠腮地帮他出主意想办法。这时的“星斋红年”一下子失去了指挥我们时的神气，反而任凭我们想主意在他身上“试验”：

先是明年哥手巧，用柳树枝编了一个“蓑衣”围在他的腰上，可柳树枝怎么编也有空隙，远处还能遮掩一下，一到近处便看得清清楚楚，倘若碰见人，那就难堪极了，此办法缺陷太大，先放一边；

东年提出用“岗子泥”把“星斋红年”的腚沟前后抹上一层，远处看就像穿着黑色裤头，近了看也是一个颜色，如同现在的彩绘。东年认为自己的主意很好，便一个猛子扎到河里挖“岗子泥”去了；

趁东年去挖“岗子泥”，我说：“三哥不就是怕人家看见你这个地方吗？咱把它挡严实不就行了！”

我一边说着一边让明年哥帮忙实践了我的办法。我拿起半边西瓜皮，又用手将里面的瓜瓤往外挖了挖，然后将西瓜皮扣在了“星斋红年”的大腿中间，外面又捆上了明年用柳条编的“蓑衣”。如此一装扮，真真就是绝了，走得再近的人也看不见什么了，只是那块西瓜皮太大，走起路来不方便，需要一只手专门扶着西瓜皮走。

明年哥给予了充分肯定，说：“这个办法很好，把西瓜皮再割小、割圆一点，串在一根柳枝上，也就不用用手扶了！”

那满地的西瓜皮碎的碎、破的破，已找不出圆形的了。

明年说：“把那个割开。”

我就去把剩下的那个西瓜搬来放在“星斋红年”前边，让他亲自割。这个西瓜“星斋红年”割得特别认真、特别小心。他先将瓜一割两半，然后让我和明年抠瓜瓤吃，我们根本就吃不下了，便抓点好吃的随便吃两口，其余的全部挖出来扔到柳树林里，整整一个西瓜几乎一点没吃全部扔掉了，剩下两块瓜皮“星斋红年”便“精雕细刻”起来，最后割成了两只精巧的带鼻子带眼的小碗，往大腿中间一放，正好将那个地方扣住，捂得严丝合缝。用柳条将那鼻眼一串，然后绕大腿一圈，那如碗状的西瓜皮就牢牢地绑在“星斋红年”的两条大腿中间，且随着走路还很有节奏地上下左右摇摆，最后再将明年编好的柳枝蓑衣在腰间一围，那真是要多好看有多好看，要多威武有多威武，要多隐蔽有多隐蔽。还有一半西瓜皮是做备用的。

当我和明年哥将“星斋红年”全副武装好了的时候，东年双手抱着一块“岗子泥”回来了，他看见“星斋红年”的装扮，在表示满意的同时还提出了进一步的修正意见。他的意思是先用“岗子泥”将“星斋红年”的腚前后抹上一层，再把西瓜皮扣上，最后绑上柳条蓑衣。“星斋红年”执意不肯，并对东年说：“我这样就行了，你也不小了，你用‘岗子泥’抹裤头吧！”

东年看了看明年和我，知道光着屁股也不是很体面，便自己动手，在屁股前后抹了厚厚的一层“岗子泥”，俨然穿了一条崭新的黑色裤头。

一切准备停当，我们找了“岗子泥湾”河水最浅的地方过河。过河时，我们如同嫁新娘般前呼后拥地保护着红年，使红年身上的“服装”完好无损，只是东年的“黑色裤头”让河水溅湿了几个地方，被溅湿的地方泥就掉了，掉了泥的地方露出了皮肤，本来崭新的“黑色裤头”立刻就变成了“花裤头”，如同现在的“迷彩服”一般。

到了岸上，我们重新做了调整并进行了分工，东年在前，我和明年分列两边，红年在我们三个人的簇拥下居中往村里进发。我们向村里进发的速度很慢，已经西斜的太阳把我们这支队伍的影子拉得很长，我们踏着自己被太阳拉长的影子穿过了一条大街和两条巷子。扣在红年三哥腚沟的西瓜皮掉下来的意外还没出现，围在他腰上的柳条蓑衣就出现了问题，最关键的那根柳条在太阳的暴晒加上走动下突然断成了两截，整个蓑衣成了零散的枝条，一根根掉在地上，我们试图把它们拾起来重新编织，但时间和地点都不允许我们再做进一步的努力，无奈之下我们只有将其舍弃，在舍弃的同时我们选择了几根还算韧劲强的柳条，加固在“星斋红年”腚沟的那块西瓜皮上。就这样，细高个子的红年三哥已是全身赤裸，只有腚沟里扣着那块如碗状的西瓜皮，随着前行的脚步，西瓜皮有节奏地上下左右摆动。西瓜皮油亮光滑，西斜的阳光照在上面反射出一种特殊的彩虹般的光环，格外引人注意，格外刺人眼睛。一路上红年三哥目不斜视、挺胸直行，双手牢牢摁住拴着西瓜皮的柳条，任凭那个西瓜皮在自己的腚沟来回摆动。我们三个脸上都堆满严肃，不说不笑，不时伸头看看红年的腚沟，看看那块西瓜皮，一旦发现异常，我们会立即吆喝红年立定，以便采取新的措施加固那块西瓜皮。

西瓜皮在三哥的腚沟里很有节奏地摆动着，我们也如同刚从战场上下来的武士，赤条条、旁若无人地凯旋。老远看见二大大家的大门口时，我们心里不免生出一份胜利加轻松的感觉。

大概是早就得到了消息，当我们轻松的感觉刚刚生出之际，突然一阵嘻嘻哈哈的笑声从二嫂家飞了出来，随着笑声，二嫂领着其他几个嫂子猝不及防地出现在我们面前，将红年团团围住，我们趁机躲在了一边。她们围住红年后先不动手而是先看，看“星斋红年”腚沟扣的西瓜皮，一边哈哈笑着一边审问道：“好你个‘星斋’，你去偷了西瓜也不给嫂子们捎个来，自己吃独的，上边吃够了不算，还绑在腚沟里让下边啃，你这个‘星斋’，把瓜皮拿下来让嫂子们看看，看看啃得干净不干净？”

嫂子们继续哄笑着，渐渐围上来要动手，“星斋红年”直接招架不住了，他顾了上边顾不了下边，一会儿捂自己的脸，一会儿捂自己的腚沟，眼看西瓜皮保不住了，便大声求饶道：“嫂子们，我明天就去偷个大西瓜来给你们，你们放了我吧！”

看着“星斋红年”的狼狈相，嫂子们又是一阵开怀大笑，有的已经笑得前仰后合。趁着嫂子们开怀大笑，红年瞅了个空子，双手紧紧捂着腚沟的西瓜皮跑进了家门。

（七）

第二天中午，刚刚放下饭碗的时候，“星斋红年”的笛音清脆地响起，我们都随着《大海航行靠舵手》的曲子跑步赶到南门底下集合，此时的“星斋红年”又恢复了指挥的架势，他光着膀子，下身穿一条黑色大裆长裤，裤腿挽到了膝盖。我们三个都光着屁股，因为裤头不知去向，我和东年、红年都说裤头放在三婶娘家了，而明年就说他的裤头放在二大大家，丢了裤头的消息暂时保密。“星斋红年”见人齐了，便做部署：“根据昨天的战斗经验，充分说明‘岗子泥’抹在身上的战术是正确的，也充分说明，二哥根本就不可怕，他既没想到我们的战术，也没发现西瓜已被我们装进了肚子。因此，今天是乘胜追击，大家要再接再厉，争取取得更辉煌的战果。今天摸的西瓜总数严格控制，最多就是五个，三四个也行，我们吃不了也不能浪费，剩下的拿回来给嫂子们。”“星斋红年”讲到这里，我们三个已忍俊不禁，想起昨天“星斋红年”腚沟里扣着西瓜皮的样子和嫂子们围着他取笑的场面都嘿嘿笑出了声，“星斋红年”把脸一变说：“不准笑，出发！”

我们不再说笑，跟在“星斋红年”的腚后又向“岗子泥湾”进发。到了“岗子泥湾”，我们按照昨天的套路如法炮制，只是“星斋红年”的大裆裤子脱下后不敢再放在河沿上，而是叠了叠挂在脖子上，到高粱地时他才拿下来，让我一边往回倒西瓜一边给他看着这条裤子。我们这次进攻比上次进攻要顺利得多，已是驾轻就熟，不仅往身上抹“岗子泥”时抹得又快又匀，就是向西瓜地里进攻的速度也比上次快得多，特别是我们“进攻”时，用眼睛瞟了下屋子，屋子里根本就没看见二哥的影子，我们得出的结论是二哥肯定睡午觉了，我们甚至隐约听见了二哥睡午觉发出的鼾声……

“三不怕二哥”的思想上升为我们的行动，不到半个小时，就有三个个头挺大的西瓜传到了我的脚下，我正要把它们往高粱地里搬时，一声“都趴着别动”的吼声在我们耳边如雷般炸响，接着就看见二哥手里一根丈八长的竹竿在我们头顶来回扫了几下，我们吓得大气都不敢出，一个个黑不溜秋的光屁股如同一个个黑皮西瓜，趴在地里一动不动。

二哥的吼叫声过去后停了充其量半分钟的时间，我们却感到好像超过了一个小时。这时，又听见二哥喊：“一个个的给我站起来！”

我们便一个个站起来。

二哥又说：“把西瓜搬着，往瓜屋子那边走！”

红年、东年、明年便一人抱着一个西瓜，我到高粱地里给红年拿着裤子，二哥手握竹竿跟在我们后边如同赶着一群小黑猪将我们赶到了瓜屋子门口依次蹲着，谁也不准坐。我们谁也不说话，心存侥幸想：反正浑身都抹着泥，二哥肯定谁都认不出，惩罚完了我们就跑。谁知，二哥从屋子门口拿起一把镰刀递给红年说：“星斋，把你们摘的这三个瓜都割开，一个个给我吃了，再把我给你们准备的这两个也吃了，敢剩下一块就挨竹竿！”

二哥只跟“星斋红年”说话，不跟我们说，我们也不敢说话，看着红年的脸色行事。其实根本看不见他什么脸色，只看见他脸上那层厚厚的“岗子泥”乌黑发亮，两只小眼睛似睁非睁，我们只能看他的行动行事，他怎么干我们就怎么干。见他拿起西瓜啃起来了，我们也纷纷拿起西瓜啃。开始啃西瓜的劲头都很足，毕竟午后的暴晒加上我们从头到脚的黑泥，整个人就像一个大大的地蛋（土豆）包上一层泥放在火里烤那样，又热又渴又馋。两个西瓜很快啃完，二哥不说话，我们也不说，“星斋红年”又割开第三个、第四个……

吃完第四个西瓜的时候，我们的肚子已经成了“西瓜”，西瓜瓤也装到了嗓子眼，再往下咽一口都感到十分困难，我便大着胆子对二哥说：“二哥，吃不进去了！”

二哥说：“吃不进去也得吃。再不好好吃，我就再去摘上两个！”

这时东年站了起来，二哥问：“干什么？”

东年说：“二哥，我想尿尿。”

二哥说：“蹲下，不准尿！”

东年就蹲下，没敢往外尿。

西瓜还在割，只能继续吃，二哥的竹竿就在一边放着。突然，我们几乎同时看见“星斋红年”的腚沟里冲出了一道透明的水柱，他双眼紧闭，手里拿着半边西瓜堵在嘴和鼻子上，他脸上的那层“岗子泥”使我们没法看见他的表情是幸福还是痛苦。那水柱从他蹲着的地方冲出，画了一道大大的弧线才落到地上，那弧形的水柱在午后阳光的照耀下宛若一道七色的彩虹，靓丽无比。“星斋红年”的水柱一出，仿佛给我们打开了闸门，我们三个再也坚持不住了，干脆一齐站了起来，顷刻间，绿油油的西瓜地里又飞起了三道彩虹……

二哥见我们已经出了洋相，高兴地笑了。他一笑，我们紧张害怕的神经便放松了下来，一张张泥脸也朝着他笑。二哥问：“吃得怎么样了？”

我们说：“不吃了。”

二哥说：“不吃了？就是没吃够，再摘再割再吃！”

我们赶紧说：“吃够了，二哥，我们吃够了！”

二哥说：“那今天就不吃了，明天馋西瓜了就来找二哥，后天馋了后天来，什么时候馋了什么时候来，不准偷偷摸摸来糟蹋西瓜！”二哥说着，转身进了屋子，从里面拿出了我们怎么找都没找到的裤头。

我们连蹦带跳地跃进了“岗子泥湾”，将身上的泥洗掉，穿上了裤头，挺着装满西瓜的大肚子，大摇大摆地走在回家的路上。

回到家，我和明年哥就接到了入学的通知。

这天之后，每到中午，我们依然能听见“星斋红年”的笛音，但我们已顾不得到南门底下集合了，也没机会找二哥要西瓜吃了。只有“星斋红年”赚了大便宜，他不但天天去找二哥吃西瓜，二哥还手把手教会了他一项可与葫芦、方瓜嫁接的最新的西瓜栽培技术。

“光荣在党50年”速记

（一）

我想，我应该在这个日子到来时撰写一篇与之相关的文章以作纪念，这篇文章非常应该写，也必须写！

因为，这个日子是最值得纪念与庆贺的日子；

因为，这个日子是最值得永远铭记的日子；

因为，这个日子与我有着非同寻常的多方面的密切联系，我大半生的工作、生活与之息息相关；

这个日子就是2021年的7月1日！

（二）

2021年7月1日，是中国共产党建党100周年纪念日。

100年，在中华民族历史长河的激流中，是最为璀璨的100年；

100年，在中华民族路漫漫其修远的跋涉上，是最为辉煌的100年；

100年，在中华民族屹立于世界民族之林的岁月里，是最为伟大的100年。

100年，中国共产党由弱到强，经过了血与火的考验，经过了枪林弹雨的洗礼，经过了数不清的自然灾害的侵袭，经过了反动势力的围追堵截，经过了各种瘟疫病毒的肆虐，经过了反腐倡廉的自身强健……今天，中国共产党已成为最民主、最有生机与活力、拥有9600多万党员的全世界第一大执政党。

在这个最值得纪念、最值得庆贺、最值得永远铭记的日子到来之际，从中央到地方各级党组织和广大共产党员以及全国人民群众，无不沉浸在欢庆节日的气氛中。

作为一名共产党员，我内心的激动、精神的振奋溢于言表。特别是当我知道中央要为“光荣在党50年”的党员颁发纪念章之后，更是心潮澎湃、激动不已。

（三）

我之所以心潮澎湃、激动不已，因为我与“50年”有着不解之缘：

50年前，我光荣地加入了中国共产党，成为今天“光荣在党50年”的党员。我的入党时间，如同生日一样，始终牢记于我心，有时自己的生日忘了，但入党的日子忘不了，那是1971年的6月11日。我入党的这个时间，正符合党中央关于“光荣在党50年”的时间界定——1971年7月1日前入党的党员。

50年前，我荣幸地由石桥子公社党委的临时工调到了诸城县委办公室，那是1971年5月。两个月之后临时工转正，转正时间是1971年的7月，从此，我成为中共诸城县委办公室的正式工作人员。

50年前，正是1971年7月1日前夕，诸城县委召开常委会议，研究庆祝中国共产党建党50周年的相关事宜。也就是在这次常委会上，县委书记张修林同志提名，让我担任第二书记亓廉芳同志的秘书。由此，我踏上了竭诚为县委书记服务的秘书之路。先后给亓廉芳和张修林两位书记担任秘书各三年。

50年，我没有经历抗日战争、解放战争、抗美援朝战争那烽火连天的艰难岁月，却经历了抗灾救灾、根治潍河以及“农业学大寨”的轰轰烈烈；

50年，我在工作上有得有失，有正确有谬误，有成就也有失败，是党及时给予我扶正纠偏，自己才一步步跟着党走到今天的国泰民安；

50年，我没能为党做出什么值得炫耀的贡献，得到的却是党无微不至的关怀与阳光雨露般的滋润。

50年，从党龄上讲，说长不长，说短不短；从年龄上讲，人的生命已经过半。

2021年6月9日，我的工作单位潍坊市科学技术协会发布了“光荣在党50年”纪念章颁发对象的公示名单。6月23日，负责离退休老干部工作的侯成兵同志又电话通知，定于6月28日举行“光荣在党50年”纪念章颁发仪式，并要我代表发言。

我因他事，不能赶回潍坊，我的纪念章只能请别人代领。

6月28日下午，王超同志代我领取了“光荣在党50年”的纪念章，并拍照发于我。

（四）

孔子有云："……三十而立，四十而不惑，五十而知天命，六十而耳顺，七十而从心所欲，不逾矩。"

大概就是因为"五十而知天命"，人们才觉得五十岁的生日特别值得庆贺！

但是，人的年龄50岁，绝不同于党龄50年！

按照我的人生旅程和工作履历，我所知道的"天命"，也不过是50年间在走过的路上所经历的风风雨雨、是是非非和生活中的酸甜苦辣，那仅仅是人生的一半。就是那一半，也起码要有18年的时间是伴着你的年少、你的无知、你的迷茫、你的懵懂而度过。

如果说，人的50岁真是"知天命"的话，那只能说，50岁是人生旅途上的一个"站"，或者说是一个不小的"站"。在"站"的那边，是你的过去；在"站"的这边，则是你的未来。

未来可期，但未来并不可知。

然而，党龄50年，则是真正的人生"大站"！

按照党章规定，只有年满18岁的成年人才能入党，那么，"在党50年"，其年龄最少也要68岁，而一般情况下，退休年龄是60岁，即"在党50年"里，最后的8年是退休之后的8年，实际在岗时间仅为40多年。

当我年满60岁办理了退休手续之后，竟认为自己为党工作也已经"船到码头车到站"，退休就是让你从工作岗位上退下来休息，说明党不需要你继续工作了，甚至错误地认为，党既然不让你工作了，实际上就是要把你淡忘或者说是逐渐淡忘！

"光荣在党50年"纪念章的颁发，充分说明，党没有抛弃你，也不是要把你淡忘或逐渐淡忘，而是时时关爱着你、牵挂着你，关爱着每一个党员，牵挂着每一个党员！

当我把“光荣在党50年”的珍贵纪念章挂在胸前的时候，那种激动、自豪、感慨，绝不亚于入党时面对党旗，向党宣誓的那一刻。我让他人给我拍下佩戴纪念章照片的时候，我眼含热泪，深深地感到，“光荣在党50年”才是人生前行旅途上一个真正的“大站”！

站在这个“大站”的月台上回望，在过去的50年里，伴着自己的是希望、追求、梦想，还有年轻时的不安与躁动、困惑与不解、迷茫与彷徨。实实在在地说，在这个50年里，自己确实干了很多工作，做了很多事情，出了很多力气，淌了很多汗水，流了很多泪和血，但也做了很多错事和莽撞事，该珍惜的没有珍惜，该抓住的没有抓住，该收获的没有收获，该舍弃的也尚未舍弃。有些明明白白的事情早该做好也能够做好，但却明日复明日的直到时机远去。

“在党50年”的路程中，自己最了解自己。度过的每一个日子，冷暖自知；踏下的每一行脚印，深浅自明。

在党50年，尽管我有对党的一片赤诚，有为党多做工作、做好工作的满腔热情，有为党做出一番特殊贡献的强烈愿望，但由于自己的水平能力所限，在工作和生活上有许多失不再来的机遇，有许多力不从心的渴望，有许多并非个人能左右而造成的无奈与遗憾，更有许多挥之不去的感叹与记忆以及披满身心的风尘与雪霜！

（五）

任何人的年龄都是一道加法，党龄也一样。而任何人的生命却是一道减法。

当我走下“光荣在党 50 年”这个“大站”的月台，拿着未来的“车票”步入“在党 50 年”之后的新旅途时，我非常清醒地认识到，“未来”就是未知，但“未来”就是希望，未来不仅充满新的希望，而且充满许多五彩缤纷的希望。

我十分激动、十分高兴地把中央颁发给我“光荣在党 50 年”纪念章的消息告诉儿子时，儿子给了我一个大大的赞，表示热烈的祝贺，并提出要求：这枚体现着党中央深切关怀的纪念章他要珍藏。

我当即答应了他。

儿子也是一名共产党员，尽管现在还年轻，但他也要争取戴上他的“光荣在党 50 年”的纪念章，到那时，爷俩的纪念章摆放在一起，将是我家两代人的荣光！我知道，儿子对这枚纪念章特别看重，不仅因为他对父亲的尊重与深爱，更是因为他对党的尊重与深爱！

“光荣在党 50 年”纪念章是珍贵的，其珍贵程度无法用金钱衡量；“光荣在党 50 年”纪念章是有温度的，其温度之高，使人热血沸腾；“光荣在党 50 年”纪念章更是有情感的，捧在手上，戴在胸前，心里就禁不住涌出特别的感激之情。我感激人生，感激生活，感激我们伟大、光荣、正确的中国共产党；我感激在我“光荣在党 50 年”的工作与生活中，那些搀扶自己走过泥泞、越过崎岖的前辈和领导，感激那些给我太多宽容和理解的亲人、同事、同学和朋友。当然，我还要感激那些在我生命历程中曾经嫉妒我、打击我、给我明亏暗坑，甚至要置我于死地的人们，是他们让我懂得了世态炎凉，懂得了道路坎坷，懂得了人间险恶。如果说我“在党 50 年”光荣，那么，那“光荣”首先应属于他们；如果说我感激“光荣在党 50 年”，那么，我首要的也是感激他们。我知道，当我获得“光荣在党 50 年”的称号，站在“50 年”的高度上时，虽然不敢说是饱经风霜，但这至少是一个经历了过去，还拥有现在和将来的 50 年；我“光荣在党 50 年”虽然不敢说是历尽沧桑，但至少是一个有过许多人生经历和社会阅历，还有更多人生经历和社会阅历在等待着的 50 年；我“光荣在党 50 年”虽然不敢说是经得住风吹雨打，但我认为，这至少是一个“我家住在黄土高坡，大风从坡上刮过”的 50 年！

“光荣在党 50 年”，对我来说，是一个看重收获更看重收获带来的喜悦的 50 年；是一个看重物质上的收获更看重精神上的收获的 50 年；更是曾经有过收获并收获满满的 50 年。这是一个经历了世事沧桑和社会变革，经历了饥饿、温饱直至奔小康，成功多失败也多，既从容不迫，又追求坦坦荡荡的 50 年。特别是在这 50 年里，我还能赶上现代文明的“高铁”，并在建党 100 周年时，享受到党中央的特别关怀与厚爱，你说，我能不感激吗？

（六）

“光荣在党 50 年”，实际上是一张含金量很高的名片，也是一张含金量很高的单程票，是一张包容着世事沧桑和风霜雨雪的珍贵的单程票！它的珍贵就在于只有前行没有返程，是对过去50年的肯定，而不是对未来的预期或总结。更为重要的是，在这张含金量很高、十分珍贵的单程票上，清清楚楚地刻着党的谆谆教导和殷切希望：在已经过去50年后继续前行的路上，不管遇到风吹雨打还是泥泞坎坷，不管是威逼利诱还是金钱糖果，都要不忘初心、坚守理想，做到砥砺前行，走得正站得直，走出一个共产党员的风采，站出一个共产党员的形象，前行在不能玷污和损坏这个光荣称号的未来的路上！

“光荣在党50年”是一个真正的人生“大站”。当我站在“光荣在党50年”的“月台”上就要踏上时光的列车继续前行的时候，我在心里暗暗告诫自己：

赵顺年同志，尽管你已经佩戴上“光荣在党50年”的纪念章，尽管前边的路还很长，但是，你也许还能看见前来为你送行的鲜花，有的鲜花也许快要枯萎或早已枯萎；你也许还能看见前来为你送行的那些熟悉、可爱甚至泪眼婆娑的面孔；你也许还能听见对你继续前行的关心的话语和嘱托。这一切都已不再重要，重要的是，你要感激，你要感激过去，你更要感激未来。你要感激我们党百年的浩荡征程，你更要感激党中央对“光荣在党50年”的党员的关爱与厚望！你和所有佩戴“光荣在党50年”纪念章的党员一样，虽然已经没有了青春年华，但却有更为宝贵的工作经验、社会阅历、人生感悟和无可替代的对党的热爱与忠心！

赵顺年同志，在庆祝中国共产党成立100周年的时候，党没有忘记你，没有忘记你们；党还需要你，需要你们。党需要你们筚路蓝缕，以启山林；需要你们栉风沐雨，砥砺前行；需要你们不忘初心，牢记使命；需要你们以新的姿态、新的风貌，大步走向未来!

赵顺年同志，2021年中央为“光荣在党50年”的党员颁发纪念章，这是首发。还有很多入党时间接近“50年”的，希望在未来的每一年，党中央都颁发奖章。到时，你不仅要向他们致以热烈的祝贺，还要致以崇高的敬意，你更要牢记在庆祝中国共产党成立100周年的大会上，习近平总书记向全党、全军、全国人民发出的伟大号召：“我们要用历史映照现实、远观未来，从中国共产党的百年奋斗中看清楚过去我们为什么能够成功、弄明白未来我们怎样才能继续成功……”

未来充满阳光!

未来永远充满阳光!

瞻读"渤海走廊"并浅析其音乐剧

——大型音乐剧《渤海走廊》短评

（一）

中共昌邑市委、市政府及昌邑市委组织部以超前的举措和不凡的胆识搭建了《渤海走廊》大型音乐剧的平台，为中国共产党建党100周年庆典活动献上了一份厚礼，令观众耳目一新、感慨万千、热血沸腾，深受教育和启发。

值此《渤海走廊》音乐剧上演之际，作为该剧的文学顾问，我想就历史意义上的"渤海走廊"和文化意义上的"渤海走廊"从概念上作一阐述，并以此对大型音乐剧《渤海走廊》作一浅析。

我曾三次走进"渤海走廊革命斗争陈列馆"，每一次我都深深地感动与震撼，那里面陈列的是一个个共产党员、一个个革命者、一个个勤劳善良并追求解放和幸福生活的群众。他们将个人命运和国家、民族的命运紧紧地结合在一起，谱写了一曲曲可歌可泣的动人诗篇，向观众展现了许多令人嗟叹、令人顿足、令人喝彩的故事。

昌邑市龙池镇党委书记马伟莲曾向我介绍，昌邑最早的党组织建于1927年，叫峠山党支部。自第一个党组织建立之后，昌邑的革命斗争进入如火如荼的时期，党的组织也由少到多、由弱到强。

在发动群众、带领群众，和人民群众一起进行长期的艰苦卓绝的斗争中，我们党和人民群众建立了生死相依、血肉相连、鱼水情深的党群关系，使广大人民群众坚定了永远跟党走的信念。

这期间，具有典型意义的就是“渤海走廊”的形成、发展及其发挥的作用和“渤海走廊精神”的缔造！

“渤海走廊”创建于抗日战争时期最艰难的岁月，横跨昌邑、潍县、寿光三县北部的广阔海滩，像一条金色的扁担，两端挑起了我党在齐鲁大地上最重要的胶东和清河两个根据地。在这条红色交通线上，我们的党组织和抗日武装与日伪军进行了殊死搏斗，安全运送了十多万两黄金，接送了一批又一批党的优秀干部和转战东西南北的部队，为夺取抗日战争的胜利做出了不可磨灭的贡献。

站在中国共产党建党100周年的时间坐标上，历史上的“渤海走廊”发挥的作用与建立的功勋，不仅值得山东人民缅怀和纪念，也值得全国人民纪念。在这一背景下，昌邑市委、市政府以神来之笔，创建了“渤海走廊革命斗争陈列馆”，以声光电等现代技术，深刻、形象、立体地将“渤海走廊”的感人故事、恶劣环境、艰苦条件展现在人们面前，并以昌邑人民的真诚对全社会掬诚相告，既再现了那段刻骨铭心的历史，又充分表达了昌邑人民在新时期建设中国特色社会主义的无限激情。

因此，我用“瞻读”这个词来定这篇文章的题目。

瞻读是我对“渤海走廊”那段历史的敬畏；是对“渤海走廊精神”发自内心的崇敬；是对昌邑市委、市政府给人们创造和提供认识、了解、研究“渤海走廊”，学习“渤海走廊精神”

的条件，为“渤海走廊”赋予新的生机与活力的深深谢忱！

然而，历史毕竟是历史。

展开“渤海走廊革命斗争陈列馆”那层层掩映的帷幕，呈现在人们面前的是一幕幕“渤海走廊”的文化真相。

我之所以用文化真相而不用历史真相形容“渤海走廊革命斗争陈列馆”及其陈列品，是因为“渤海走廊”的历史真相是无法还原的，也是不可复制的，所有的还原与复制，都不可能让人们再回到当时那惨烈的烈火中去。

因此，只有文化的真相和精神的力量，才能到达历史的深处，领略历史的真谛，体会“渤海走廊”的伟大和其为我们党、我们民族、我们国家所做出的不朽的历史贡献。

也许是基于这种意识，昌邑市委及组织部独辟蹊径，确定了用音乐剧的艺术形式将“渤海走廊”搬上舞台，用“渤海走廊精神”庆祝中国共产党建党 100 周年。

（二）

多年前，在我主持潍坊市文联工作时，就曾有个夙愿，即在潍坊的文艺舞台上搬上一部音乐剧，实现音乐剧在潍坊市“零”的突破。然而，由于种种原因，这个夙愿始终未能实现，成为我心中无法释怀的遗憾。

《渤海走廊》音乐剧在建党 100 周年纪念日来临之际搬上了舞台，这不仅是潍坊市纪念活动的一部重头戏，而且开创了音乐剧在潍坊市的先河，我心中的欣慰与振奋无以言表，并为之感到骄傲！

大型音乐剧《渤海走廊》无疑是成功的，从体裁的选定、主题的确立、剧情的构思、人物的设计以及编导、音乐、舞美、灯光、化妆、表演等方面，以独特的视觉、听觉、感觉艺术给观众留下了啧啧称赞的观感和难忘的记忆，使“渤海走廊精神”绽放新的光彩。

最难能可贵的是，《渤海走廊》音乐剧在有限的时间和空间里，从历史的挖掘到舞台艺术的演绎，把“渤海走廊”担负的历史使命——黄金西运延安、党的干部东进胶东这些艰巨任务淋漓尽致地表现出来。剧中，鲁卫华和昌红柳这对恋人为了解救乡亲和学生挺身而出，与敌人同归于尽，充分显现了共产党员为党、为国、为人民牺牲的大义凛然和崇高境界，从侧面诠释了中国共产党百年历程的艰苦卓绝。

任何一部艺术作品的成功，都是心灵与精神的契合，是文化与情感的交融，是心力与体力的跋涉。音乐剧不同于话剧、舞剧、戏剧等，也不同于电影、电视剧，它是将音乐、对白、唱词、舞蹈、动作以及舞台、音响、灯光等多元素的艺术形式融合在一起，其感召力与艺术魅力是多方面的、综合的。

（三）

《渤海走廊》音乐剧的成功，最大的原因是贯穿始终的红色力量和追求梦想的激情。所有的演员没有一个专业的，更没有什么大腕，除男一号外都是昌邑的教师、学生和文艺爱好者，但他们用力量和激情创造了奇迹，令人倍感难能可贵！

非常感谢音乐剧《渤海走廊》的编剧兼总导演于克先生、

全剧音乐创作兼音乐总监杨祖光先生和所有演职人员，他们是在用“渤海走廊精神”演绎《渤海走廊》这部音乐剧，并为这部戏的成功付出了辛勤的劳动与汗水。

非常感谢中共昌邑市委组织部胡筱芹部长、孙建设副部长、龙池镇党委书记马伟莲同志及所有的工作人员，为音乐剧《渤海走廊》的成功殚精竭虑、不辞辛劳。

非常感谢昌邑市委、市政府和昌邑人民给予音乐剧《渤海走廊》的关心与支持，在庆祝建党100周年之际，为全潍坊市献上了一部不可多得的精品力作！

生命的绝唱

（一）

这不是一篇普通的文章，这也不是一份简单的遗作，这是一阙热爱生命、敬畏生命的赞歌！它既写出了一个人患有不治之症时应具有的博大的家国情怀，又写出了一个人的个体生命无法继续时的宽广胸襟，它的字里行间都书写着生命的哲理，不仅诠释了人生命的真谛和价值，还如同多彩的画笔本真地描绘出了人生命的颜色，惊艳了世界！

这是原《求是》杂志副总编辑朱铁志在临终前写下的令人唏嘘与痛心疾首，句句深入人心，闪烁着生命之光的文字。

（二）

朱铁志是吉林通化人，1978 年考入北京大学哲学系，1982 年毕业后被分配到杂志社工作。在《求是》杂志社，朱铁志从事政治理论编辑工作 30 多年，担任副总编辑后，先后分管过评论部、科教编辑部、机关党委和纪委、工会、求是网、人事部等部门。

《求是》杂志是中共中央委员会主办的机关刊物，是党中央指导全党、全国工作的重要思想理论阵地。朱铁志作为前《求是》杂志的副总编辑，足见他理论功底的深厚和业务能力水平的非同一般。在媒体对他的采访中，他明确表示：“在我心中，这份职业是一份崇高而神圣的事业。用我有限的智慧和能力为党的理论宣传事业略尽绵薄之力，通过自己笨拙的笔触努力阐释党的路线方针政策、努力回答干部群众普遍关心的热点难点问题，为人民的利益鼓与呼，感到自己的人生价值与党的理论宣传事业、与人民群众的热切期盼找到了结合点，为此感到踏实和自豪。”

朱铁志还在不同的场合阐明：“作为知识分子，最可怕的是缺乏独立人格、独到见解、独特表达。”

在给友人的信中，朱铁志曾对当前一些人有意无意把人们的注意力引向意识形态争辩感到忧虑。他认为，这种做法如果不是出自既定话语的迷恋、对自己一生得益于此道的迷恋，起码是对大势研判的糊涂。在他看来，意识形态的争辩固然可以在一定范围内进行，但相比之下，改革发展问题更加重要，特别是教育、医疗、就业、住房、养老、保险等一系列群众普遍关心的民生问题更重要，严重影响党和政府与人民群众互信的腐败等问题更重要。他写道：“说一千道一万，现实问题不解决，意识形态的苍白争辩只能越争越混乱，党和政府与人民群众的互信只能越来越低”，“民众的现实利益问题不解决，所有的理论、路线、方针、政策都将变得苍白。”

对于网络舆论生态，朱铁志认为：互联网不仅事实上突破了主流意识形态对话语的简单垄断，形成了民意表达的特殊渠道，而且深刻影响了当代中国政治生态的总体平衡，悄然改变着国人的思维方式、工作方式、表达方式。“其积极意义，眼下只是初露端倪，其长远影响，有待时日观察、感受、理解。在此期间，众声喧哗、鱼龙混杂，亦数大变革时代的正常状况。”他强调，社会进步的总体方向不能背道而驰，不能任由狭隘的民族主义、民粹主义假借正统意识形态的名义随意泛滥，也不能在有意无意之间怂恿、纵容非理性的政治表达代替理性思考、宽容精神，更不能误判形势、企图重温旧梦、让“文革”余孽沉渣泛起。

（三）

朱铁志 1983 年开始发表作品并且以杂文著称，曾获鲁迅文学奖、中国新闻奖以及中国报纸副刊年度金奖，曾创作杂文 2000 余篇，出版杂文集和散文集 17 部。

今天，我们不去拜读他那些颇具思想深度的犀利文章，也不去欣赏他那获过大奖的名篇，一样能从他这些带着血肉的文字里领略他面对死亡的明白与通达；领略他对人的生命尊严和价值的理解；领略他在生命的最后时刻还不忘将自己的器官乃至整个人体捐献给社会的宽广胸襟和人间大爱；领略他对社会、对发展的独到见解和对人、对生命的绝唱！

我以此文悼袁老

引言

我曾在多篇文章里阐述过自己非常相信、认可的一种社会现象，这个现象叫作“偶然”，它存在于我们看不见摸不着的时间和空间里。

其实，我的这个认可根本算不上什么认可，纯是无知与愚笨之举，恰恰说明自己知识的贫乏和孤陋寡闻！因我认可的时候，世界上早不知有多少科学家、哲学家在研究社会发展规律中把“偶然”这种社会现象充分论证为社会发展中的客观规律，或者说是一个重要的哲学概念，是我们这个世界上存在的一种“必然”，并就此达成了共识。

“偶然”就存在于这个世界上，存在于我们日常的工作之中；存在于我们吃喝拉撒睡和油盐酱醋柴的生活之中；存在于我们无法把握、不可预测的激动、兴奋、温暖、幸福、甜蜜、惊恐、惧怕、无奈、后悔甚至痛苦之中；存在于不一定能发生却实实在在已经发生或正在发生的事件之中……

“偶然”存在于“必然”中。

按照哲学的概念，“偶然”与“必然”即“偶然性”和“必然性”的关系，是事物联系和发展的既相互对立又相互依存的基本趋势，从而形成了它们之间的辩证统一关系。

也就是说，“必然”是通过大量的“偶然”表现出来的，没有脱离“偶然性”的“必然性”。反过来，“偶然性”是“必然性”的表现形式，“偶然性”背后隐藏着“必然性”并受其制约，同样也没有脱离“必然性”的“偶然性”。“必然性”和“偶然性”在一定条件下还可以相互转化。

我在此阐述“偶然”与“必然”及其相互关系，并非是在炫耀自己懂什么哲学，恰恰相反，我自己的理解甚至相当错误。我是为了说明，在这个世界上，还有大家司空见惯的另一种社会现象——“巧合”或“意外”。

“巧合”与“意外”既像“偶然”，又像“必然”，或者说，它们是“偶然”与“必然”的结合体。

“巧合”与“意外”作为一种社会现象，它的表现形式与表现手法，关键在于“巧”与“合”。“巧”是重点，“合”是要求，要“巧”出人意料的“偶然”，又要“合”在不以人意志为转移的“必然”中，这便导致所有的“巧合”都含有“意外”的成分，是人们意料不到也没法意料的。

我认为，世界上所有的“偶然”与“必然”以及“偶然性”与“必然性”之间的对立统一和相互转化，都可以用“巧合”或“意外”来诠释！

“巧合”或“意外”随时随地都会发生！

明天与“巧合”或“意外”真的不知道哪个先来！

（一）

2021年的“五一节”之后，我开始查找资料，搜集自己曾经写过的文字，开始着手准备撰写《父亲的照片》一文，拟于“父亲节”来临之际发表，以此献给自己去世多年的父亲。

确切地说，文章是从 5 月 2 号的晚上开始构思、查找资料、翻找过去写下的文字并开始着手准备的。

5 月 2 号，借小长假之机，我去青岛看望几年不曾见面的哥哥明年。几年不见的哥哥，见了之后格外亲切。那种兄弟之间不能经常见面的问长论短，自然地令我想到了我们的父辈。想到父辈们一生操劳，生活的艰辛与困苦与我们现在的日子相比，那真是天壤之别，我心里便有些惆怅与辛酸。不说别的，单就吃饭，他们一辈子都在与饥饿搏斗，几乎就没真正吃饱过，更别说像我们现在习以为常地一日三餐吃鸡肉鱼蛋和大米白面。尤其是大米，他们连见都没有见过。

我心里的这些感慨，来自我去青岛时，专门给明年哥哥带了一小袋大米。那不是一般的大米，而是“海水稻”大米。可以说这些年，明年哥哥什么样的大米都见过，而且都吃过，但“海水稻”大米我百分之百肯定他没有吃过，因为太稀罕，他甚至闻所未闻。

“海水稻”大米是朋友李政文同志送给我的。

政文同志一共送给我十袋，每袋五公斤，去青岛之前，我已经分别赠给几个朋友，最后留出两袋，早就计划好明年哥哥一袋，自己一袋。

“海水稻”大米不同于普通的大米，它是袁隆平院士及其团队经过多年研发成功在盐碱地里种植的。且不说这大米具有非同寻常的意义，也不说朋友介绍的它诸多的美味与好处，关键在于我们兄弟二人都没吃过！

在盐碱地里种植海水蔬菜，我参观考察过；在盐碱地里直接种植树苗，我亲自实践过；但在盐碱地里种植“海水稻”，我只是听说，一直没见过。

多年前，我应时任寿光市委副书记的杨建华同志（现任潍坊市委常委、市委秘书长）之邀，专门到寿光北部盐碱地区域参观考察过“海水蔬菜”项目，给我印象最深的是芹菜的种植。在我们这里，芹菜是蔬菜中的优质菜品种。那天，在杨书记的热情带领下，我看到了芹菜旺盛的长势和不同于一般芹菜的葱翠喜人。杨书记还亲自安排工作人员拔了一些“海水芹菜”赠予我，回家后我便品尝了它的鲜美。当然，我也听了专业技术人员讲述了种植过程的复杂和不易。

2012 年，我又在潍坊滨海经济技术开发区主导实践过在盐碱地里直接种植树苗，也就是在 2012 年，袁隆平及其团队开始了在盐碱地里种植“海水稻”的研究，这应算是一个“巧合”。

我的实验在众多树种中尽管只有两种可直接在盐碱地里种植的树苗获得了成功，其重大意义也不言而喻，时任国家林业局局长的赵树丛和山东省副省长贾万志在潍坊市市长刘曙光的陪同下亲临现场考察并给予了高度评价，潍坊滨海经济技术开发区管委会及党政主要负责同志先后给予了大力支持，但个中辛苦与面临的种种困难我比谁都清楚。从自己的亲力亲为中，让我深深感到，在盐碱地里草都不长，直接种植树木或农作物本来就很难成活，再让其正常生长，实在是太难、太难！

去年，我又得知袁隆平院士要在盐碱地里种植“海水稻”的信息，我当时就为这位老人捏一把汗，但心里又倍受鼓舞，我仿佛在那片白茫茫的盐碱地里看到了一片绿色的霞光，一片希望之光！我知道，树种在盐碱地里能够直接栽种成活极为罕见，何况是水稻，再说，潍坊这个地方就是非盐碱地也没有种植水稻的！如果能在潍坊的盐碱地里种植“海水稻”并获得成功，那么，它的推广意义和所起的示范作用以及经济价值、社会价值将无可估量。我国是一个盐碱地大国，在世界盐碱地面积排名前十的国家中位居第三，盐碱化土地面积约 15 亿亩。对这 15 亿亩盐碱地，袁隆平院士有一个梦想，就是想让它们都变成良田。他说过：“希望在有生之年，再改造一亿亩盐碱地，再解决一亿人吃饭问题，为中国的粮食安全和兴农扶贫做贡献。”

（二）

在盐碱地里种植水稻，一直是袁隆平院士的不懈追求与梦想。

袁隆平院士从 2012 年开始研究在盐碱地里种植“海水稻”，他带领他的团队历经 1162 次田间实验，875 组配组实验，最终得到 93 种海水稻可用于盐碱地种植，最后精选出了 5 种最优质的海水稻。

“芒种插秧谷满尖”。

2020 年 6 月 5 日，是农历二十四节气中的“芒种”，是割小麦插稻秧的好时节。当天上午，各界嘉宾相约潍坊，在寒亭海水稻三产融合示范基地隆重举行“2020 年中华拓荒人海水稻插秧节”，袁隆平院士通过视频宣布插秧节开幕，潍坊市委主要领导亲自致辞，宾朋共话产业融合发展之路，共谋乡村振兴推进之策。从此，开启了潍坊种植海水稻的创新之路。

“海水稻”并非在海水里生长的水稻，而是袁隆平团队经过多年的杂交实验，培育出的能在盐碱地里正常生长的水稻品种。

潍坊市盐碱地面积较大，目前可利用的盐碱地以种植小麦和玉米为主，有的年产量仅200公斤左右，收益甚小，导致很多农民直接放弃种植，荒芜的土地越来越多。

然而，谁都没有想到，2021年的“芒种”尚未到来，潍坊人盼望着在第二个“中华拓荒人海水稻插秧节”开幕式上再次听到袁隆平院士宣布“开幕”的声音时，5月22日，袁隆平院士却永远地与世长辞了！他带着他的梦想，带着他要把我国盐碱地变成良田的梦想；带着他在有生之年再解决一亿人吃饭问题的梦想；带着他对潍坊那片盐碱地的一片深情和依依不舍离开了这个世界，离开了这个仍有人饿着肚子的世界！

（三）

最不可思议的是一个“巧合”！

2021年5月21日傍晚，我从外面回家，打开电脑找到《父亲的照片》一文，从上次停下的段落开始撰写。刚写到自己在石桥子公社党委工作时吃不饱饭，当别人到食堂里打饭自己只能到外边“空转”时，这个“巧合”或者说是“意外”便开始了。

在《父亲的照片》一文里，我写别人吃饭而我只能到外边“空转”时的那种“空转”，是真的空着肚子到外边躲避食堂开饭时间的“空转”。这个“空转”，我既不能让领导和同志们知道，也不能让自己的父母知道，因为那时人民公社的机关干部工资普遍很低，就是有钱也没有粮票，每人每月的三十斤粮票几乎百分之百的公社干部都不够吃，但又没有其他副食可以充饥。公社供销社是县供销社设在一个公社范围内唯一供应各类商品的单位，在公社驻地分别设有百货、生产、副食品等门市部，距离公社驻地较远且较大的村庄也专门设有综合门市部，主要以供应人们的日常生活商品为主。副食品门市部和村里的综合门市部也有可用来充饥的饼干桃酥之类的食品，但那饼干和桃酥的质量很差，主要是在生产时没有加一定数量的食用油和糖，做出来的饼干和桃酥太硬。有人曾形容那时的饼干和桃酥的硬度超过红砖，如果把它们和砖头放到路面上，拖拉机从上边轧过，砖头被轧得粉碎，而桃酥和饼干却完好无损。此话不乏夸张之色，但当时的饼干桃酥质量确实不敢恭维，但即便是这样的饼干和桃酥，也不是有钱就可以买到的。买这些东西，既要有钱，还必须要有粮票，通用粮票。供销社也设有饭店，一个公社只有一个，专门设在公社驻地。仅逢大集时饭店才有些热闹，因为到饭店吃饭，不论馒头、油条还是大饼，都必须用粮票，赶集的农村群众，手里的通用粮票几乎为零，他们到饭店吃饭，无非就是买上一分二分钱的开水或加了少许酱油的咸汤，吃自己从家中带的窝窝头、饼子或煎饼等干粮。

那年代，凡是与粮食沾边的商品，都必须用通用粮票。通用粮票有全国通用的，也有省内通用的。也有不用粮票亦可购买的其他商品，比如猪肉、鸡蛋等，但这些东西更为稀罕，割肉买蛋要用肉票、蛋票。供销社饭店及公社党委伙房，鸡肉鱼蛋都是成年累月见不到的。

那是一个现代青年无法想象的“票证”时代，几乎所有的商品都要“票”，大到自行车、缝纫机，小到半斤煤油、一盒火柴，并且那时的“票”是按计划供应，不是想拥有就能拥有的。

我知道公社机关干部们的口粮都非常紧张，便不敢暴露自己吃不饱饭的事，因为任谁知道了都会可怜我，有的甚至会给我三斤两斤通用粮票的帮助，但谁要给我一斤粮票，谁在这一个月中就要有一天饿肚子，如果给我三两斤，那他就要三两日没有饭吃。而且他们给我粮票，我也没钱把通用粮票变成饭票。那段时间，我也没有回家找父母解决吃不饱饭的困难。我知道，如果回家找父母解决吃饭问题，那只能是给父母增加负担。他们既没有钱，也拿不出粮票，即便家里有粮食，也不可能换出更多的通用粮票。我要是回家找父母要钱要粮，他们定会想方设法给我解决的，但我没有时间。公社里连续几个代表大会的报告和文字材料都在同时进行，而我又是主要材料的主要起草者。我起草完，修改无误后就交给公社党委秘书滕孝廷同志审阅，滕秘书审阅修改后拿给当时的公社革命委员会的核心领导小组审核，通过后，即进入刻钢板、油印、装订等程序。为了筹备好那几个会议，公社还抽调了李荣福、朱自新、田焕义等人一起准备材料。李荣福是公社广播放大站的负责人，朱自新、田焕义两位是学校的老师。我们写的写，抄的抄，刻钢板的刻钢板，油印装订的油印装订，大家白天黑夜连轴转，忙得不亦乐乎，夜里都加班到十二点，我有几次想回家拿点干粮或地瓜之类的东西，可就是腾不出空来。

就是在这种情况下，我自己发明了“空转”。当然，我的这个“空转”并非是天天转，要天天转肯定转不了几天就转不动了。我也不是连着转，而是隔个三两日转一次。就这样，我在“空转”中咀嚼饥饿，吞咽饥饿，用“空转”填塞肚子的空空如也。其实，其他干部也有不少跟我一样的，他们都在以不同的方式在吃饭问题上“空转”，最为典型的是几乎白天黑夜与我在一起准备材料的李荣福同志。李荣福当时的月工资是三十元，家里老老少少五六口人，每月他要省出五元钱给孩子们上学、供应父母，这是必须的。李荣福的生活也相当紧张。他家在乔戈庄村，离家较近，大概三四里地，关键是他有辆除去铃铛不响全身都响的破旧自行车，可以在一个小时之内跑一个来回，到家里带回十几斤地瓜。老李带回地瓜后，便求伙房炊事员高师傅煮熟，我们几个人便跟着吃一顿或两顿地瓜。当然，这一个小时的时间也是很难挤出来的，大家都盼着老李经常回家带地瓜，可他就是抽不出时间。有一天，在大家的怂恿下，晚饭前，老李又回家了，大家都等着他带回地瓜煮着吃。然而，老李很快就回来了，他没带回地瓜，而是带回了十几斤地瓜干。他直接去了供销社食品门市部，用地瓜干换了四五斤地瓜干酒，装在两个“滴滴涕”（剧毒农药）空瓶子里拿回了公社，摆在办公桌上让大家喝。那地瓜干酒有个很响亮的名字，叫作“三二八”。一说“三二八”，都知道那是白酒，是用三斤地瓜干再贴上二毛八分钱兑换的一斤白酒，所以习惯称那酒为“三二八”。我们几个人没等到老李的地瓜，等到的是地瓜干酒，大家面面相觑。地瓜干变成了酒，大家越发觉得珍贵，老李一个劲地让这个喝，让那个喝，大家反而不好意思喝了，便用一个茶碗倒了半碗，每个人都抿了一口，老李自己倒满一茶碗，几口就喝进去了。大家本来想等老李的地瓜充饥，结果抿了一口半口的酒，根本就不顶事，便分头另想办法弄点吃的，老李便佯装醉酒不再吃任何东西，拿起铁笔在钢板上刻文件。滕秘书担心他真醉了把蜡纸刻坏，便上前看了看，见老李不但没刻坏，反而比原来刻的字更好更周正，便说：“这酒还真管用，今后老李刻字前就先喝酒，哈哈！”

我和朱自新就编顺口溜跟李荣福开玩笑：“李荣福，不简单，喝上‘三二八’，更会刻钢板，字写得特别好，老滕大称赞！”

滕秘书的话，正应了李荣福内心的真实想法，他本来就是想以酒充饥。后来，李荣福跟我算了一笔账：一斤地瓜干卖到粮管所才七分钱，三斤可卖的二毛一分钱，但却换不成一斤通用粮票，即便换成一斤通用粮票，也还要再贴四毛钱才能变成一斤饭票，四毛除去卖地瓜干所得的二毛一分钱，还要往里贴一毛八分钱，而一斤饭票，只能吃两顿饭。如换成一斤酒，除去地瓜干之外，总共才贴二毛八分钱，加在一起还是四毛钱，完全可以喝三顿，平均每顿饭以酒代替，最多一毛三分钱。

以酒充饥，老李就是这样算的账，算得很细。

那“三二八”酒并不是粮食发酵的酒，而是完完全全用酒精勾兑的，倘若把酒倒在酒盅里，放一张小纸条，用火柴一点，被酒浸湿的纸条就会被迅速点燃，蓝色的火苗便在酒面上迅速蔓延。那酒精勾兑的酒喝进肚子里，作用会立即发挥出来，胃里有了特别的烧灼感，那烧灼感很快便把肚子填满，自然就可以不吃饭，既节省了一顿饭的饭票，也抵挡了饥饿。滕秘书夸老李喝酒之后钢板刻得更好，老李便有了晚上不吃饭的正当理由，每当别人吃晚饭的时候，他就是一茶碗的“三二八”。也就是从那天之后，老李便染上了嗜酒的毛病，有时一天都不吃饭，只喝“三二八”，这就是李荣福同志的“空转”。后来条件允许了，也有了满桌子好菜好饭，老李还是习惯性地只喝酒，不吃菜也不吃饭。多年后我与老李见面，我也调侃过他，说他见了酒，如同蚊子见了血。他不气也不恼，而是长吁一口气道：“和你一样，你有时晚上不吃饭出去转，你以为我不知道啊？我很清楚，咱俩不都是为了省那顿饭嘛！”

至此，我方明白，知我者，李荣福也！与我同样“空转”者，李荣福也！

（四）

我印象最深的是那天的晚饭。那顿晚饭令我记忆犹新，像幽灵般如影随形，如果我没有和阿尔茨海默症结缘，它就会陪伴着我从昨天走到今天，走到明天，直至永远。

那天的晚饭相当特殊——公社食堂做大米饭。

食堂里做什么饭，我都是从别人的饭碗里知道的，一般情况下我是不会早到食堂打饭的。

那天要吃晚饭的时候，我从石桥子街那棵大槐树下的烧水炉子上打开水回来（那时公社及社直部门的工作人员喝开水，都是去石桥子街的烧水炉打，一分钱一暖瓶），看见公社邮电局的同志端着打满饭的饭碗往回走，我才知道食堂里做的晚饭是大米饭。他们碗里的大米饭白得耀眼，我惊诧之余，连看都不敢看，故意把头一低，招呼也没跟他们打就擦身而过。因帮我邮寄新闻稿件而与我成为好朋友的邮递员闵同志关心我，十分高兴地跟我说："快，伙房里做的大米饭！"

我清楚他的好意，但没敢回应，赶紧把暖水瓶放到会议室，转身出了公社大院，那个时间段我不敢回办公室。我知道，那雪白喷香的大米饭与我无缘，我必须远远地离开它，倘若控制不住，一顿大米饭可能要吃掉我几顿的口粮，还绝对吃不饱。为了躲开大米饭的诱惑，我必须赶紧出去"空转"。

我走出公社大院，顺着门口的大街一直往南，路上的人我视而不见，心里始终想着大米饭，想着大米饭的颜色，想着大米饭的香甜，特别是经过供销社饭店时，我的眼睛不由自主地往里张望。那张望没有作用，因为不管饭店里有什么好吃的，我都不敢问津。我走过饭店门口不远，又转了回来，在饭店门前徘徊。不知过了多少时间，估计公社干部们已经吃完晚饭，我便又看了看饭店，不舍地往公社大院走。那个晚上，我对大米饭的想象实际是因为太馋，那种想象尽管很辛苦很难受，但难受中，也不乏很多的自我安慰，甚至自豪——不是我经得住大米饭的诱惑，而是我用“空转”躲开了吃大米饭的时间！

我怎么也没料到，党委秘书滕孝廷打了一斤四两饭票的米饭，他知道我到外边打开水，担心到时候没有饭了，便一下子打了两个人的，并故意多打了四两。滕秘书把米饭打回来刚放到办公桌上，县革委生产指挥部办公室的刘耀先同志就打来电话。刘耀先同志的认真仔细在全县各个公社是出了名的，他从不马虎，更不会不负责任地编情况。他一打电话，时间都是按小时计算甚至更久，并且上次汇报的情况他都记得相当清楚，再次汇报时稍有出入，他都不会放过，追根究底。为此，各公社党委或生产指挥部的秘书们就给他编了一个“天不怕地不怕，就怕刘耀先来电话” 的顺口溜，同时秘书们因为事情着急而被领导嫌行动慢也有了最佳理由：刚才接了刘耀先一个电话。

仅此一句，领导们便会谅解。

滕秘书接起电话，听到是刘耀先的声音，就知道这顿晚饭不知要什么时候才能吃了！我们这里大米稀缺，公社食堂平常连大米稀饭都不做，为的就是攒一段时间的大米做一顿干饭给大家解馋。滕秘书一手拿着电话，一手翻着汇报材料，放在办公桌上的大米饭只能用眼睛看、用鼻子闻，却没有办法吃。他本想尽快结束与刘耀先的电话，可刘耀先要几个比较突出的生产典型，整个汇报的时间就拉长了。我在外边“空转”了一会儿，回到办公室时，滕秘书和刘耀先的电话大概刚进行到中段。我一进办公室，就闻到了大米饭的奇香，紧接着就看见办公桌上滕秘书尚未顾上吃的那满满一瓷盆的米饭。我的眼即刻射出一道亮光，那亮光带着饥饿，带着就要上前吞下那盆米饭的贪婪。我不由自主地咽了几口口水，努力地用理性战胜感性，经过理性与感性的狠狠较量，我还是把自己控制住了。但控制归控制，我的视线离开又回来、回来又离开，反复几次才硬是把头扭向我的那张办公桌，装作没看见大米饭的样子。但是，根本装不成，我的余光还在不离不弃地扫着那盆雪白的大米饭……

滕秘书腾不出嘴来跟我说话，只朝我咳嗽一声，让我看他，他对着那盆大米饭努了努嘴，意思是让我快吃。

那一瞬，我如同趴在战壕里听到冲锋号骤然响起的战士，大概眨眼的工夫，我就端起了那盛满大米饭的瓷盆子。大米饭顺着我的筷子被扒进嘴里，到了嘴里省却咀嚼程序直接被我吞进了肚子里，滕秘书和刘耀先的电话尚未打完，那盆大米饭就全成了我的腹中之物。待滕秘书放下电话，他半天没说话，两眼直直地看着我，呆了好大一会儿才说："这肚子真是太空了！"

……

我的文章刚写到这里，准备做饭的孩子妈妈站在我的房间门口问我："今晚想吃什么饭呀？"

我未加思索，大声说："做大米饭吃！今晚咱就尝尝政文给的'海水稻'大米哈！"

5 月 21 日晚上，我们吃了"海水稻"大米做的米饭。那米饭的口感不是一般的大米可比，我们边吃边赞不绝口。第二天早上，剩下的米饭被加水做成了稀饭，那稀饭竟比其他大米刚做的还要好喝，我俩又是一阵称赞，并决定请朋友设法再弄几袋，自己多吃几顿，也多送几个朋友，让更多的人品尝这一罕见的美食，分享袁隆平院士辛勤劳动和科研的成果！

22日吃过早饭，我打开电脑，接着写头天晚上的文章。因为还是关于饥饿与吃饭的情节，一句话尚未敲完，“民以食为天”这句话便在我脑海里跳了出来，我立即停下，查阅此句的出处。

在搜索过程中，我手机的提示音连续响了几下，待搜索完毕，我才打开手机。

有五六个朋友发来微信。其中就有原中共潍坊市委党校党委书记、常务副校长于生于校长。

自从和于校长加为好友之后，在我近两千的微信好友中，于校长是我最为重视的，我不但将其设为置顶，而且每信必读，哪怕一句话或一个表情我都认真浏览。这不仅是因为我跟于校长感情甚笃，而且因为他在我心中一直是我最尊重的良师益友，是我敬佩学习的榜样。尤其是他那扎实的政治理论基础，他那深厚精湛的文字功底，他能把你隐隐约约感觉到但说不出所以然的东西一语中的地点明，以穿越时空的犀利与通达，打通你的心灵，使你恍然大悟。

在跟于校长多年的交往中，他给我留下很多深刻的印象，但单就一件小事，就足以表现他的人格之高尚和他热心培养、提携青年的高素养领导干部形象。

三十年前，山东省作家协会副主席、《山东文学》主编邱勋向我推荐了昌乐县一名青年业余作者张劲松，并寄给我张劲松发表的几篇小说，其中有一篇短篇小说获山东省举办的庆祝中国共产党建党70周年的文学大赛一等奖。总览张劲松的文学作品，给我的第一印象就是张劲松那么年轻，却写出了那么厚重老辣、历史感强的小说，在全市属不可多得的佼佼者。出于对文学青年的喜爱和培养文学新人的责任，我便有意将张劲松调到潍坊市文联工作，给他创造条件，搭建一个创作平台。但是，当时潍坊市文联不管是行政还是事业均无编制，要将张劲松调进来，只能作为潍坊市文联的临时工作人员借调，待日后有了编制再办理正式调动手续。而要借调，必须经他所在的工作单位同意且需要他所在的单位正常支付工资，不然就没法借调，即便借调过来，我也没有办法解决张劲松的工资问题。面对这种情况，我便跑到昌乐，找了时任昌乐县县长的于生同志。于县长的热情和支持令我感动，他当场表态，张劲松所在公司的工作他负责做，只要张劲松本人愿意，该借调就借调，该正式调动就正式调动，所有问题他帮助解决。作为一县之长，对一个业余青年作者的调动给予这样的支持确实不多见，这既说明于县长对文学事业的重视，更反映了他对青年的关爱之心。那天于生县长的一句话我感激之余记忆犹新，他说："培养、提拔领导干部，不管是科级、处级还是更高级别的都不难，但培养个有水平的作家却很难，也不是你想让谁当谁就能当得了。你发现人才、重视人才很好，我全力支持！"

于县长的话不仅给了我借调张劲松到市文联的有力支持，而且给了我若干工作上的启示。几天后，我就把张劲松叫到了潍坊。在我的办公室兼宿舍里，我和张劲松两人躺在一张床上，彻夜长谈到天明。后来，因为张劲松本人生活、工作、家庭等多重原因，我借调张劲松未能成功，张劲松亦与到市文联工作的机会失之交臂。但这事却加深了我对于生同志的认识。

也就是从借调张劲松那件事开始，我与于校长交往更加密切，在之后的工作中，于校长更是给了我诸多支持与帮助。没有半点夸张，于校长不仅是我们市政府部门的优秀干部，更是一位有着很高造诣的文学大家。他的小说别具一格，无不引人入胜，特别是《快刀》，语言的洗练、情节的跌宕、故事的吸引力是近几年潍坊文坛中的佳作精品。于校长的散文、诗作堪称一绝，无论古体诗还是现代诗都充满哲理，充满对人生和命运的深刻感悟。他的散文数量多且均属精品，字里行间不仅透露他知识的渊博，更展现了他对社会、对人生的深刻认识，其散文立意的鲜明、视野的旷达、眼光的敏锐和做人处事的低调与谦逊，读后无不令人耳目一新。于校长在微信里有时也转发别人的文章或消息，他都经过认真筛选后再发给我。他转发的东西没有低俗，没有无聊，没有猎奇，没有人云亦云与哗众取宠，从他转发的微信的内容便可知他为人的正直、严谨、自律和他与人为善、追求完美的格局。他转发的每一条，都是经过他认真过滤后的正能量。正是因为这些，当我看到于校长的微信时，一种如饥似渴之感顿生，仿佛于校长在关键时刻给我送来了一盆大米饭，我赶紧点开了于校长的微信。于校长转发的是一条链接，链接的关键词是："袁隆平同志逝世""杂交水稻之父""中国工程院院士""共和国勋章"……

我一下子惊呆了！

（五）

这真是惊天大事！

于生校长转发给我的这一链接，使我的心情一下子坠入悲痛之中，我的眼泪难以控制地流了下来，我随即给于校长回复了一个大哭的表情，接着就向几个朋友转发。转发中，我又收到了一个朋友的微信，也是一个链接，内容是袁隆平去世为假消息……

我又赶紧将这条消息转发给于校长和几个朋友。与此同时，于校长也把辟谣的微信转发给了我。

接着，我又收到了几个朋友发来的辟谣的消息！

我在感谢现代科技给通讯事业带来方便快捷的同时，又痛恨着消息发布者的不负责任。那一刻，我这个从来不祈祷，从来就不相信祈祷会管用的人，开始在心里祈祷，我祈祷所有关于袁老逝世的消息都是谣言，都是假的。

消息太多，内容不一，又来自若干媒体，真真假假……乱了，真是乱了，把我搞乱了！我把手机往旁边一扔，不再看信息，而是打开电视，将频道固定在新闻频道上，午饭也不吃了，眼瞅着荧屏，不放过每一条新闻。然而，整整一个中午，有关袁隆平院士的信息只字未提。

我再次开始祈祷，祈祷袁隆平院士安然无恙，我甚至认为，我的祈祷发挥了作用，有关袁老逝世的消息都是假的！

我在心里暗暗发恨，应该对发布假消息的所有媒体和个人严惩不贷！

制造什么谣言也不能制造袁老逝世的谣言！

然而，到了下午，几家主流媒体再次引爆，袁隆平院士逝世的消息得到了印证：5 月 22 日 13 时 07 分，袁隆平，一个伟大的人物停止了呼吸！

也许是我曾有过自然灾害时期吃糠、啃树皮、嚼草根充饥的经历；也许是我曾有过别人到点吃饭而我只能到外边“空转”的经历；也许是我曾有过一顿饭吃了应该两个人吃的一斤四两大米饭的经历；也许是我曾有过家属生孩子连斤小米都买不到只好求助自己老家的党支部书记赵振东的经历；也许是我曾有过为了提升全公社粮食产量四处求爷爷告奶奶购买化肥的经历……

岁月曾给我苦难，日子曾让我咀嚼饥饿，但同时也给了我忍耐和坚持，给了我思索和清醒，给了我珍惜与感激！

人类没有饭吃，是真正的大灾难！

正是因为我曾有过诸多经历，有过诸多忍受饥饿的痛苦和为了提高粮食产量的压力，我对袁隆平院士有一种发自内心的崇敬与热爱。

之后数日，我的大脑似乎进入了一种恍惚又坚定的状态，每天我都无数次地默念“民以食为天”的格言，每天我都通过网络联系朋友，搜集有关袁老的消息和他弥留之际的点滴细节。我准备写一篇悼念袁老的文章，以寄托我的哀思！

后来，长沙的朋友通过微信转发给我湘雅医院的一位护士姑娘的所见所闻。

（六）

看着湘雅医院那位护士姑娘的所见所闻，还有各媒体从不同角度的报道以及一部分网友的留言，我几次泪目哽咽……

苍天流泪，日月动容；大地含悲，山河哀鸣。但我想不出怎样追悼，想不出何以致哀！

我问天，我问地，我问朋友，我问自己！

朋友说，有一种致敬，是“不远千里，送他一程”；

朋友说，有一种缅怀，是“感恩国士，吾辈奋进”；

朋友说，有一种纪念，是“无以为报，光盘行动”；

朋友说，有一种传承，是“做好种子，为国为民”；

我也说，有一种格局，是“珍惜粮食，勤俭节约”。

人与人之间，存在出身、年龄、生活环境和经历等诸多差异。由此，人们对于社会、命运、生活和这个世界，因为所处的位置和所站的角度不同，有了各种各样的观念。我想，缅怀袁老，最根本的是学习和继承袁老的格局！

近年来，有很多人在格局上做了很多文章，事业的格局、做人的格局、人生的格局等等，都不无道理，但我认为最伟大的格局就是“民以食为天”，就是要“珍惜粮食，勤俭节约”！

袁老走了，他走得坦然，走得依依不舍，走得一片情深；

袁老走了，他用他的一生，书写了一部大书，给我们留下了宝贵的稻米香和宝贵的精神财富；

袁老走了，他用他的双脚丈量着我们的华夏大地，尤其是那些贫瘠的土地和寸草不生的盐碱地，他要让它们产出粮食；

袁老走了，他用他的双手，从大地的褶皱里挖出了一粒粒雪白的大米，以驱赶贫穷和饥饿；

袁老走了，他用他的执着和汗水，把人间的风霜雨雪和酸甜苦辣都嵌入了这部大书的字里行间，每一字每一句都在告诫人们“珍惜粮食，勤俭节约”。

这就是袁老的格局！

当我捧读袁隆平这部大书的时候，我想起历史上也曾有过多位帝王要求民众“珍惜粮食，勤俭节约”，尤其是唐太宗把他自己写的《百字箴》当作“座右铭”，使之成为大唐盛世厉行节约，劝课农桑的行动指南；

当我捧读袁隆平这部大书的时候，我更不止一次地想起我们的伟大领袖毛主席再三强调的“珍惜粮食，勤俭节约”。

袁老一生都在践行“珍惜粮食，勤俭节约”这几个字，他身体力行，为让稻谷多增加一粒米，为让更多的人从饥饿的旋涡里走向温饱、走向富裕而努力着。临终他都要求丧事节俭，并给家人留下遗愿，一切从简！

这也有一个“巧合”！

根据袁隆平丧事从简的遗愿，湖南官方新闻网站为方便各地民众表达对袁老的追思和缅怀，设立了网上吊唁厅，我也只能在这个网上吊唁厅里给袁老送上一束鲜花。当我含着泪颤抖着手点击了三次才献花成功时，数字显示，我是第1000万个献花人。而那一刻，正是5月24日袁老送别仪式正式举行之时，在“袁隆平同志网上吊唁厅”里献花的人数正好达到1000万人次。

1000万，1000万！

我这篇文章真正动手写的时间是2021年6月14日，正是我国的传统节日“端午节”。

端午节都有吃粽子的习俗。这天，我和家属两人，将仅剩的“海水稻”大米包成了两个粽子，煮好后，把它放在饭桌上，默默地念道：“袁老，这是您老人家亲自率领团队在盐碱地里种植成功的‘海水稻’大米做的粽子，并且是在潍坊的盐碱地里生长出来的，这里面的每一粒米，都凝聚着您的心血与汗水，每一粒米，都是我们的珍宝，是人间的珍宝！”

袁老，您走了，我们未能留住您！对我来讲，您的逝世是一个“意外”，对全国人民来讲您的逝世也是一个“意外”，这既是一个“偶然”，也是一个“必然”，但我坚信，您的精神永存，您的事业永存，您的“杂交水稻”和盐碱地里的“海水稻”必然将获得更大的成功与丰收，在不远的将来，您“禾下乘凉”和“杂交水稻覆盖全球”的梦一定能实现，一定能够实现！

我敞开那个粽子，敞开那个在潍坊的盐碱地里种植的“海水稻”大米包的粽子，我的双眼再次涌出泪水，透过泪水，我仿佛看到了父亲大口吞咽黑乎乎的树叶掺着糠做成的粽子的模样。父亲一生没见过大米，他不知道用大米（黏米）做成的粽子是什么滋味，他更不知“海水稻”大米做成的粽子是什么滋味。如果父亲健在，我一定亲手用“海水稻”大米包粽子，包很多很多，让父亲可劲吃……

我仿佛看到了滕孝廷秘书一口都没落着吃的那盆大米饭，有机会，我一定到滕秘书的老家看他，给他送上一袋“海水稻”大米……

我仿佛看到了李荣福同志喝那碗“三二八”地瓜干酒时的“扩愁脸”（面部表情很难看），那样子说不出是痛苦还是幸福，我也要送给李荣福同志一袋“海水稻”大米，看看他吃“海水稻”大米时是不是还是那个“扩愁脸”……

我仿佛看到了……

泣送振东

作者按：

2019年9月26日晚上，我村的老党支部书记赵振东佩戴上“庆祝中华人民共和国成立70周年”纪念章时，我收到了他佩戴纪念章的照片。看着他的照片，我感慨万千，随即，我开始撰写长篇报告文学《都吉台的丰碑》，以叙述他多年来为党、为国家、为人民，特别是为都吉台村的老少爷们做出的不凡业绩和卓越贡献。我跟赵振东的关系，按辈分，我为叔，他是侄；按年龄，他岁长，我年小。没想到，我的长篇报告文学刚刚写了一部分，就在他佩戴纪念章之后正好一个月的时间，10月25日下午，他竟溘然长逝！这是我无论如何没有想到的，万分悲痛中，我又写下《泣送振东》一文，以此作为对他的追忆与思念！

振东，我可亲可爱可敬的四侄：

此时此刻，你知道吗？你知道今天是什么日子吗？

此时此刻，你知道我是什么心情、什么状态、什么样子吗？

让我告诉你，今天（公元2019年10月25日），这是个永远值得我怀念的日子，这是个令我心碎的日子，这是个令我无限悲痛的日子！

就是今天下午五时许，我正在准备给我的电影《你想不到》

申报“龙标”的相关材料，我的微信提示音响了，是你的儿媳李静给我发来的微信。我打开一看，立即惊呆了，尽管不相信自己的眼睛，但眼泪却夺眶而出，我竟控制不住哭出了声！

李静告诉我：“小爷爷，我父亲于今天下午走了！”

“走了”！振东，你走了，你到哪里去了？

你是去了那个远方，那个遥不可及的远方吗？

在之后的一个多小时里，我又接到了几条信息，都传达了一个意思：都吉台的老书记赵振东走了！

你的儿子树华是今晚 8 点 30 分打电话告诉我的。接起电话，没等他说话，我就说：“我知道了！我后天早上直接回都吉台……送他！”

那时，我已趴在桌子上，沉浸在无以言状的思念与悲痛之中，跟树华说了两句话我就挂了电话，我说不下去了……

振东，在树华来电话的前一个小时，我就知道你走了的消息。这个消息，对我来讲是一个噩耗，是一个我万万没有想到的噩耗！

你说，咱爷俩怎么就有这么多的交集与巧合呢？我正在整理《你想不到》这部电影的材料，你就给了我一个“你想不到”！

振东，我的四侄，你走了！

振东，我的四侄，没想到，我真的没想到你走了！

振东，我的四侄，你就这样让我“你想不到”地悄没声息地走了吗？

振东，不是顺年叔说你，你可是有些不太仗义，你不应该这么急乎乎就走的，让你的顺年叔猝不及防！真是猝不及防啊你知不知道？一个月，才仅仅一个月呀振东！一个月前，树华把你佩戴“庆祝中华人民共和国成立 70 周年”纪念章的照片发给我，第二天，我用微信告诉树华，把你的简历发给我，我要写一篇关于你的文章。那天，你的简历是你自己亲笔写的，是你亲自写给我的。看到你亲笔写的简历，我心里无比高兴。我想起咱们爷俩每年春节见面时你向我作的检讨：“顺年叔，你安排给我的任务我还没完成！”

我就笑着说：“必须的！必须完成哈！”

这个任务，是咱爷俩商量好的，把都吉台的“村史”写出来，你写初稿，我完善成稿，并且是你表态要坚决完成的。看到你写的简历，我想，你现在还能亲笔写出自己的简历，而且记忆清晰、字体有力，那么，都吉台的村史你肯定能完成，我在《都吉台的丰碑里》还专门写你佩戴上纪念章时尽管脸上布满沧桑，但依然精神矍铄。可是，你怎么没完成你顺年叔交给你的这个任务就走了呢？你怎么不想想，你这一走，你顺年叔还能安排谁来完成这个任务呢？你看看，一个月前，刚刚一个月前你亲笔写的自己的简历：

赵顺年叔，你和我婶子好：

（1）我是1948年在本村加入了中国人民解放军；

（2）1955年7月复员；

（3）我是1959年当的支部书记；

（4）“文化大革命”后建县委，张修林当县委书记，我当的县委委员，具体时间我想不起来了；

（5）张修林书记哪年当县委书记，我就是哪年当的县委委员；

（6）我在1971年又当了公社党委副书记。

另外，你还写了你的部队是：中国人民解放军第三野战军第二十军七〇师二〇八团三营机炮连七排一班，连长夏小月，指导员赵连杰。

再就是被抽调到中国人民解放军空军二七二一部队（空降师）一营阻击二连，1952 年调司令部任公务班班长，1955 年下半年复员回家。

振东，一个月前你还亲笔写了自己的简历，你数着指头算算，满打满算才三十天，你怎么说走就走了呢？我们爷俩还有好多事情没办，好多心里话没说呀你知道吗？

振东，你肯定还记得。那年，我和树森、田溪在家西看着相距不远的两个机井屋子的“1140”式柴油机浇麦子。那正是小麦灌浆的时候，麦地边的豌豆底部已经成熟，我们三人便商量着“尝鲜”，用洗柴油机零件的铁盆摘了成熟的豌豆煮着吃，结果把废柴油浸泡的土和草点燃了，机井屋子立即浓烟滚滚。树森到机井屋子外面的出水池里洗满脸的油灰时，抬头见你从东边过来要去石桥子党委开会，我们吓得趴在麦地里，等你走过去。可机井屋子里煮豌豆的铁盆下冒出的滚滚黑烟暴露了我们的秘密行动……这个现在看来纯属恶作剧的故事，我每次跟树森见面，他都讲给在场的其他人听，并催促我快把它写出来，他要看，还要给你看，可你走了，你再也看不到了，看不到你顺年叔把它诉诸文字了！

振东，你肯定还记得。那年，诸城县委召开常委扩大会议，咱爷俩坐在县委办公室前的那排葡萄架下面，利用别人午休的时间谈论当时的形势和上午开会时剑拔弩张的紧张状况。你被那些又一次跳起来要在县委里面“掺沙子”的那伙人气得要跟他们豁出去力拚。那个下午，你用自己的行动践行了自己的决心，与其他几个委员和那伙人针锋相对，旗帜鲜明地支持上级党委和县委的主要领导的决定，你慷慨陈词，“县委是党的县委，是共产党的县委，绝不能‘掺沙子’，掺上‘沙子’，就不是共产党的县委”，你的大义凛然，使那几个人节节败退，使那伙人的阴谋没有得逞。这些都是只有咱爷俩知道的故事，而你又是故事的主角，我把它写出来，可你再也看不到了振东！

振东，你自己的故事你看不到，我觉得这是最大的遗憾，是我的遗憾，也是你的遗憾，是咱们爷俩共同的遗憾！

但是，不管你看不看得到，你的故事我还是要把它写出来，即便你看不到了，也能弥补一下我的遗憾！

振东，你执意要走那就走吧，我知道谁也留不住你了，你的顺年叔也留不住你！在你走向远方的时候，值得你顺年叔慰藉的有两点：一是，你是佩戴了中央颁发给你的纪念章后走的。那是党和国家对你的肯定与赞许，党和国家没有忘记你，党和国家在想着你，党和国家在记着你，那枚纪念章，是你一生的最高荣誉，是你一生的最大辉煌！二是，你是在看到了你佩戴纪念章时你顺年叔有感而发、连夜写的《都吉台的丰碑》那篇文章后走的。那篇文章在《美篇》平台上发表，得到了那么多人对你的赞扬，那么多人被你的事迹感动，那么多人被你的为人折服，那么多人被你感动得泪奔，那么多人被你感动得给我打电话、发微信称赞你是一位真正的共产党员，敬佩你是我们党最称职的基层干部。还有人直接说：“赵振东，是全世界最好最好的一位村支部书记！”

我想，你大概就是等中央颁给你那枚纪念章后才走的吧？

我想，你大概就是等亲眼看完你顺年叔写的《都吉台的丰碑》那篇文章后才走的吧？

我想，这两样东西都很珍贵，是没法用金钱衡量的！

党和国家给你的荣誉，是金钱买不到的，那是党和国家对你一生奉献的肯定，那枚纪念章的熠熠光辉无以替代；

你顺年叔写的有关你的文章，也是用金钱买不到的，那是你顺年叔发自内心的情感，是咱爷俩的真情，也是无以替代的！

所以，你走时很安详，很坦然，很清醒，很自信！你走时也肯定很知足甚至很欣慰，因为你的一生，遇事不惊、不惧困难、德行高尚、对人热诚、为人厚道、心态平和、与人为善。在你生命的旅途中，你做了那么多艰难困苦的工作，忍受了那么多不该忍受的委屈，办了那么多为他人鞠躬尽瘁的事情，你已经问心无愧，所有的人，所有的事，所有的一切，你都问心无愧！

我想，你大概在走的时候也存有些许遗憾，你肯定是怀着对这个五彩缤纷的世界、对我们繁荣昌盛的国家、对日益发展的都吉台村的诸多留恋走的；你肯定是怀着对你曾经殚精竭虑、奋斗终生的都吉台村和村里的老老少少的依依不舍走的！我敢肯定，你是一步三回头地走的！

振东，我问清楚了，10 月 27 日，是你真正远行的日子，我会看着你，我一定会看着你，用我婆娑的泪眼目送你向远方走去，我会用婆娑的泪眼看着你经过你为之呕心沥血、牵肠挂肚的我们村你最熟悉的大街小巷；看着你经过你曾经付出莫大精力想从根本上让它造福两岸父老乡亲的"南河"；看着你经过曾救过全村人性命的我们为之骄傲的那座"南台"。

我会看着你一步三回头地登上我们村视野最广、最远、可以俯瞰都吉台全貌的我们的"南岭"！

在都吉台的"南岭"上，你将永久地俯瞰着、凝视着、关爱着你给予无限深情、无限希望的都吉台的这方水土和这方人！

振东，你要走就走吧，你执意要走，谁也留不住你，你的顺年叔也留不住你。但你顺年叔要在咱爷俩见这最后一面的时候，再和你商量个事，向你提个要求：这辈子，咱爷俩没搿伙（相处)够,真的没辩伙够,确实没辩伙够,从心里没辩伙够！可以说,在都吉台所有的老少爷们中,数咱爷俩交往多,数咱爷俩谈心多,你最了解我,我最知道你,我们爷俩是知根知底、相互了解。所以,我向你提个要求,就一个要求:如果有来生,我还是你的顺年叔,你还是我的振东侄,你同意吗振东?你说好吗振东?

振东,我可亲可敬可爱的四侄,我想再听你喊一声“顺年叔”,我也想再叫你一声“振东侄”,可是,我听不到你喊我了,你也听不到我叫你了!

振东,我可亲可敬可爱的四侄,我平生第一次握手是你教我、主动和我握的,当你的大手紧紧地握住我的小手时,一种从未有过的暖流迅速传遍我的全身。那种感觉,是我此后与他人千万次握手所没有的。今天,你顺年叔想再和你握握手,想主动和你握,可是,你竟……

振东啊,你走吧,你放心地走吧!你的顺年叔祝福你,衷心地祝福你一路走好,走好!

衔哀致诚,泣送于此!尚飨!

你的顺年叔

2019年10月25日

最美的背影

序

收到我的同学、原青岛下乡知青孙中联大姐的标题为《防护服上的字，句句戳心》的链接后，我并没有急于打开。第二天，我见她在自己的朋友圈里又转发了这条链接，便觉得这一链接大概很有意义，肯定是拨动了我这位心地善良、乐于助人、性格开朗且有着非同一般的见地和艺术造诣的大姐的心弦。于是，我便打开了她转发的这条微信。

我看微信大都是浏览，快拨快翻，尤其图片和视频，有时都不会打开。这则微信因为是尊敬的大姐所发，尽管都是图片，但我浏览的速度放慢了许多。尚未看完，就看到了李兰娟院士的照片。因为她是名人，给我的视觉冲击特别大。看着她的照片，我一下子便想到了钟南山院士。我想，钟南山和李兰娟，他们即便不是专家，只是一个普通的民众，疫情发生时他们逆行而上，也是当之无愧的勇士，是奋不顾身的勇士！那一刻，我被深深地感动了，泪水盈满眼眶，“背影”两个字从我的脑海深处涌了出来……

透过婆娑的泪水，我仿佛看到了父亲的背影，看到了朱自清先生父亲的背影，看到了朱自清先生的经典散文《背影》。

“我与父亲不相见已二年余了，我最不能忘记的是他的背影。……”

朱自清先生的《背影》写于1925年，是深深扎根于我心底的一篇美文。我自最初读先生的《背影》，至今已过半个世纪。五十年的岁月里，我不止一次将《背影》捧在手里静静地拜读，每每读时，总被先生的文笔感动，被先生行文的独特角度折服，有一种常读常新的感觉。先生通过对父亲神态、语言、动作的细腻描写，用画龙点睛的“背影”二字，给我营造了一种感人至深的氛围。他描写的父亲的形象并不美，身材也比较臃肿，但这更加突出了他父亲行动的艰难，给我们制造了他父亲背影的遐想空间。

我就是看着先生的《背影》，想起我父亲的背影的。每次看每次都想起，想起我的父亲拿着三斤地瓜干要送给来我村要饭的父女、在风雪天奔跑着追赶人家的背影；想起我的父亲在滂沱大雨中，顺着浯河南岸锲而不舍地、一次次寻找让我大哥背了一生“黑锅”的那枚没有爆炸的炮弹的背影；想起我的父亲站在都吉台村的围墙上，面朝夕阳，凝望远方，渴盼他大儿子从战场上平安回来的背影……

先生的《背影》时时感动着我，深深地刻在我的心里，我常将这篇简短的散文掩卷背诵，并非是单纯崇拜先生的妙笔生花，更多的是在文章的字里行间感受先生用他独特的视角和带有温度的笔墨对父亲的感情的那种描写，我常常情不自禁，感慨万千！

先生的《背影》对我的影响之深，可以说将会伴我终生，因为不用拿出原文，只要我想起先生的《背影》，我就想起了我的父亲；只要想起我的父亲，我就想起了先生的《背影》。先生的《背影》和我父亲的背影，在我心里发生了互动，成为一个不可分开的整体，我也是把先生的《背影》摆在案头上，含泪在我的长篇纪实文学《父与子》中写完我父亲的背影的。

世界上有好多事你根本说不清是不是“巧合”，但它偏偏就以“巧合”的状态呈现在你的面前，并且完全在你的意料之外并让你感到猝不及防！无须声明，大家便可看出我并非在刻意杜撰，同时，还可以看出我对“背影”有特别敏感的神经，一看见背影，那种特别的感觉、特别的感悟、特别的感情便会出现。先生的《背影》，先生父亲的背影，我父亲的背影，我写的我父亲的《背影》，都深深地戳着我的心。而今天，我看到的孙中联大姐转发的照片，也都深深地戳着我的心！

因为，

我看到的是一个个背影！

因为，

我看到的是一个个现在没法看见或许将来也没机会看见他们面容的背影！

当然，我看到的不是一般的背影！

他们是令人振奋、令人自豪、令人充满希望与力量的背影！

他们是令人感动、令人心疼、令人牵肠挂肚、令人泪崩的背影！

我敢说，这是世界上最美的背影！

（一）

我不知道你的年龄，不知道你的孩子在读几年级，也不知道你是护士还是大夫。正如《为了谁》的歌词所写：“我不知道你是谁，我却知道你为了谁……”

这个背影，我不知道你是谁，我却知道你为了谁。我还知道，你是一位母亲，你是一位在读小学的孩子的妈妈，你是一位守在“抗疫”前线的白衣战士！

你只能在你的背上跟孩子说话，跟孩子说出最要紧、最惦念的心里话，但你无法写多，也不能写多，她毕竟是个孩子。你不能也不敢正面对着孩子，正面对着孩子，你肯定承受不了母女在这种环境下的相遇与交流，因为孩子辨认不出你就是她的妈妈，而你却能看见自己的女儿。你也不能与孩子通话，哪怕就说一句话，你可能都没法说完整，你不敢和她说话，你可能怕控制不住自己，控制不住自己泣不成声……

你也许还有和孩子交流的其他办法，但是，此时此刻，你只能把要跟孩子说的话写在背上，给孩子一个背影，让孩子看一眼你的背影！你用背影跟你在读小学的女儿说话！

“好好学习。”

这是一位母亲的希望！

这是一位妈妈的嘱托！

这是一位白衣战士的背影！

然而，

又不仅仅是一位母亲的希望！

又不仅仅是一位妈妈的嘱托！

又不仅仅是一位白衣战士的背影！

（二）

如果不看照片上的说明，你根本看不出他是一位男士还是一位女士。如果让你去猜，从他的宽大肥厚的防护服，你也许能猜到这是一位男士。不过，此刻战斗在“抗疫”一线上的所有的女医生或女护士，所穿的防护服都一样宽厚而肥大。防护服就是我们每一个白衣战士的铠甲。

我们的白衣战士，只要穿上这身铠甲，不要说背影，就是看正面，也很难分辨他们的性别。

如果给你两次猜一个人性别的机会，那么你百分之百能猜中。但是，让你猜他是哪里人，给你一百次机会，你可能也猜不到面前的这位竟是一位湖北姑爷！

这位白衣战士在自己的防护服背面，赫然写了“湖北姑爷”四个字！

这是一位军人的壮举！

这是一个白衣战士的宣言！

这是一个男子汉的温情与豪迈！

“湖北姑爷”四个大字掷地有声，越发显出他的嶙峋傲骨，其精神可赞，其勇气可嘉，其意志之坚，向世人展示出他坚决、坚定的魄力和英雄的气概！向世人发出的是他激越湖海的铿锵之声！

湖北是英雄的湖北！

湖北的人民是英雄的人民！

湖北的姑爷也是英雄的姑爷！

（三）

这个背影，“李兰娟”三个字依稀可见。

她就是中国工程院院士，著名的传染病学专家。

疫情发生后，她以七十三岁之躯亲自带队，再次去往“抗疫”第一线。

在本文开篇我已说过，钟南山院士和李兰娟院士，其他一概不论，在危急之际，他们挺身而出，与死神殊死作战，给那些处在恐惧、绝望中的患者带来治愈的希望和生命之光，他们是当之无愧的勇士！包括他们在内的所有在“抗疫”一线上的白衣战士，我都发自内心地想赞美、歌颂他们，想为他们献上世界上最优美、最动人的词汇，以表达我心底涌动着的那种无法形容的感激之情。然而，由于我知识的贫乏和词汇的匮乏，我所掌握的一切赞美之词，面对他们的背影都显得浅薄、无力与苍白！

为了避开自己知识贫乏和词汇匮乏导致的想写又写不出他们的无私、奉献、崇高、伟大而给我带来的尴尬，我单就李兰娟院士背上的“武汉加油”四个字中的“加油”一词将自己的拙见记录如下，权当为自己掩丑，也算对自己的一个安慰，或者说是一个设想与建议。

要说“加油”一词的来历，就绕不开一个与武汉有着特别的密切联系的人物，这人名曰张之洞。

光绪十五年，张之洞调任湖广总督，他从广州启程，用月余时间踏上了武汉这片土地，由此，开始了他长达19年的对武汉的励精图治之旅。

19年间，张之洞让武汉迅速崛起，引来了世界赞叹的目光，为中国提供了城市发展的样板，成就了武汉在国内、亚洲，甚至在世界上的多个第一。因张之洞对武汉的发展所起的巨大作用，他被后人誉为“武汉城市之父”，武昌区的紫阳路被命名为“张之洞路”，他指挥修建的防护大堤被称为“张公堤”，以此感谢、纪念张之洞。

至今，张之洞的名字在武汉仍是家喻户晓，传说由张之洞的父亲张瑛创造的“加油”典故也跟着誉满荆楚，在不同场合中，成为鼓劲、关心、祝愿、鞭策等诸多含义的代名词。尤其在一些赛事特别是大型的体育赛事现场，人们会不由自主地晃动着身体，挥舞着胳膊，声嘶力竭地高声喊着“加油”，其声浪不亚于大海汹涌的波涛，此起彼伏，一浪高过一浪。凡在现场的人们都恨不能将自己所有的热情、激情都随着“加油”的声浪泼洒出去……

据我个人的不准确估计，“加油”已经成为使用范围最大、频率最高、普及面最广的一个词，并且在世界各地也广为传播！

关于“加油”的来历，有多个版本，其中一个是这个典故出自张之洞的父亲张瑛。张瑛爱才，特别喜欢那些刻苦学习的学子。为了鼓励他们，每天夜半时分，张瑛便派差役挑着油在城内沿街串巷，看见谁家还亮着灯，便上前敲门，看见是学子在灯下夜读，便道一声“知府大人派我们来为你加油”，随即给那学子的灯添两勺油。此举时间一久，城内百姓很快都知道了知府大人在为夜间读书之人加油，自此，全城学子夜间读书之风蔚然盛行。“加油”一词便传颂开来并延续至今。

任何词汇的生命力，不在于它表象的华丽与动听，而在于它内涵的丰富和大众接受与运用的广度，还有它推广普及的便捷。李兰娟院士背上的“武汉加油”，使我想到“加油”一词的由来，想到武汉的“张之洞路”“张公堤”，便生出了些许的浅识拙见。

我想，抗疫取得胜利，这是武汉的大事，是湖北的大事，是全国的大事，也是全世界的大事。这一胜利的取得，得益于党中央的英明决策，得益于全国各地的大力支援。同时，也要感谢那些不畏艰险、逆行奋进的白衣战士，感谢钟南山、李兰娟、张伯礼等院士，感谢那些无以计数的基层党组织、社区工作人员的无私奉献，还有那些捐款捐物的人民群众和企业家等等。无疑，他们都是勇士，都是英雄！

我的浅识与拙见，是为了永久的纪念！

……

（四）

这个女孩，背上的四个字——“胡歌老婆”，简单明了、直白实在，还极其醒目，给人的感觉也是四个字——特别可爱！

我说她“特别可爱”，主要可爱在她的“特别”上。她在给人们一个“特别”的信息，貌似调侃，实则展现出一个有思想、智慧、自信的特别活泼可爱的女孩！

她的“特别”之处，我做了如下分析，并且我敢肯定，这个分析百分之百能走进她的心里去。

首先，她给人的第一感觉是，很漂亮。漂亮在哪儿？在胡歌身上。胡歌是谁大家都知道。胡歌的老婆焉能不美？

其次，你对她是胡歌的老婆肯定有所怀疑，但她告诉你，她是在追星，她追星就追胡歌，并且已经到了在世人面前自称“胡歌老婆”的程度。

第三，明确地告诉大家，自己尚未结婚。但有没有恋爱对象就不一定了。但我认为：如果她有恋爱对象，那么她就是要告诉那个恋爱对象：你要努力，我对你是有着具体要求与标准的，你要向胡歌看齐。如果她尚未有恋爱对象，那胡歌可能就是她挑选对象的标杆，谁有这个实力，就可以大胆地来追她。

第四，这女孩深知名人效应。我不知道她的名字，你也不知道她的名字，除她的几个同事之外，全国人民都不知道她的名字，也不知道她来自哪里，就职在哪家医院，这些都不重要，因为防护服上写不开那么多字，即便写上自己是哪里人、工作单位是什么、叫什么名字，除去同事，其他人可能也记不住。但是，你们都知道胡歌，她说她是“胡歌老婆”，你们肯定会记忆深刻。人们不管什么时候、什么场合提及这场特殊的“战役”，就会很容易地联想到这个叫作“胡歌老婆”的女孩。

第五，最重要的一点，就是她用“胡歌老婆”这个看似玩笑的字眼，让无比牵挂她的父母放心，微信上她也许告诉了自己的父母，那个背上写着“胡歌老婆”的人就是你们的女儿！她用这个特殊的字眼，传递给父母一种安全，一种快乐，和对父母的一种安慰。

这是一个多么有智慧，多么自信，多么为他人着想的女孩啊！

这是一个多么活泼，多么可爱的女孩啊！

这是一个多么令人牵挂，多么令人心疼，多么令人尊敬的女孩啊！

（五）

还有很多照片，名字大都写在背上，成为一道靓丽的“背影”风景。有写自己名字的，也有写自己单位的，更多的写着“党员”“共产党员”“我是党员”“我是党员，我先上”。

面对这些照片，我写下了很多感想，那些感想都情真意切，我自己都被自己所写的感想深深地感动着。但我一不小心，不知戳到了电脑上的哪个键，所写的感想瞬间就弄丢了，再回过头来写，怎么也写不出原来那些文字的温度和最初的感觉了！

但是，“党员”“我是党员，我先上”的字眼，我太熟悉了，我一看到这些字，四十多年前的一个场面立刻浮现在我的眼前。

那是 1974 年 8 月中旬，诸城县经历有史以来最大的洪水灾害，我当时给中共诸城县委书记张修林同志当秘书，在连续三天三夜没合眼的第四天早上，雨下得更急、更大。趁我到县委办公室要几个公社的情况、司机到伙房打饭的空当，张政委没下车，在吉普车上休息。我刚要了两个公社的电话，就接到了前天赶到石桥子公社指挥抗洪的一位县委领导（暂且称他为县委孙领导吧）的电话。电话里他的语气沉重而紧迫，他一听是我，便说：“正好，赶紧找张政委接电话，情况十分紧急！”

我不敢怠慢，雨伞都没顾上拿就跑到吉普车前喊张政委接电话。张政委坐在吉普车的副驾驶上，听到孙领导让他接电话，知道情况紧急，便从车上下来，冒雨跑进了办公室，抓起电话就喊那位孙领导的名字。我听到孙领导向张政委报告：“吴家楼水库已到历史最高水位，溢洪道所有的闸门都已经打开，但排水速度远远不及水位上涨的速度，水库大坝面临决堤的危险，我和石桥子党委的同志决定，炸坝，现在向张政委请示！”

张政委一听急了，大声喊：“立即组织周围村庄的人加固大坝，绝不能……”

张政委的“绝不能炸坝”还没有说出来，电话就中断了，他大声喊了几声“老孙”，对方一点声音也没有。我立即接过电话，用力摇了几圈，县邮电局的话务员告诉我，通石桥子、程戈庄、相州和凉台四个公社的电话都已中断，估计是电线杆被冲倒，电话线断了。没等我重复话务员说的情况，张政委全听清楚了，他说：“咱们马上去石桥子，直接去吴家楼水库，我到车上等着，你通知水利局蒋局长立即赶到潍河大桥桥头，要他在那里等我们一起去石桥子，通知邮电局，尽快抢修电话线路。”

我把雨伞递给张政委，紧接着给水利局和邮电局摇电话。我到车上的时候，司机老刘也刚打饭回来。老刘打了三个馒头，买了三块辣疙瘩咸菜，往回走的路上，他一手打着伞拿着两个馒头，另一只手就拿着第三个馒头吃了。老刘把两个馒头递给张政委和我，我们吃着馒头，老刘就发动车直奔潍河大桥。

我们赶到潍河大桥的时候，桥头上已经站了五六十人。刚停车，县水利局的蒋局长也赶到了，我们看到洪水已经漫过潍河大桥。那些站在桥头的人们，都是家在潍河以北、在城里干活的工人，也有到城里办事的社员。他们见大桥不能走，潍河已经过不去，正在发愁。见我们到了，又开着吉普车，知道是县里领导，他们便闪开了一条通道，让我们走到前边。那时全诸城县就一辆美式吉普车，是昌潍地委配给诸城县委的。

蒋局长一边走一边向张政委汇报潍河诸城段上游的枳沟和下游的九台两个水文站检测到的水流量，刚汇报完几个数字，我们也走到了桥头，桥的西边涌起一道水墙，一个个浪头翻越水墙直接抛向桥东，整个桥面都看不到了，原来整齐的广播电线杆只有一根在岌岌可危地立着，成为潍河大桥唯一的标志。那时通往各公社的广播线路和邮电局的电话线路是合用的，广播线路中断，也就是电话线路中断。

我和老刘跟在张政委和蒋局长的后边，看着不见了的潍河大桥，陷入了沉默。雨还在下，哗哗的雨点敲在雨伞上。我看不见张政委和蒋局长的脸，不知他们脸上是什么表情，只能看见县委书记和水利局局长的背影。我们的耳边是哗哗的雨声和潍河的咆哮声，蒋局长朝张政委大声喊："政委，这河咱们过不去了！"

张政委还没回答蒋局长的话，就听轰隆一声巨响，潍河大桥在我们的眼皮底下被洪水冲垮，巨大的桥墩和桥面随着洪水的冲击，有的歪倒在河底，有的顺流而下。那座潍河诸城段唯一横贯两岸的大桥从此没有了踪迹，也消失于历史的岁月里。潍河变成了一道无法逾越的屏障，从河南岸看不见河北岸，只能看见水流湍急、输泻跳蹙的洪水随着大桥的倒塌显得平缓了许多，河对面已经淹没了的村庄渐渐露了出来……

潍河大桥被轰然冲垮，对张政委的打击是沉重的，然而，他更牵挂吴家楼水库和吴家楼水库下游的几十个村庄以及几万民众，因为他不准炸坝的命令由于电话的中断没有下达到，如果他们采取炸坝的措施，后果不堪设想！他猛地回过头来，把伞朝我一扔，朝跟在后边的五六十人高声问："谁会凫水？游到对面去传达我的命令，这关系到几万人的生命！我是县委书记，诸城县委书记！"

瞬间，就在那一瞬间，张政委那带有磁性的声音瞬间变得沙哑，还带着哭腔。我看见，他的脸色变得铁青，雨水从他的头顶顺着他的脸颊往下流，一直流到了脖子里，本就已经淋透的衣服，开始往外冒水……

那同样站在暴雨中的五六十人也都目睹了潍河大桥被冲垮的惊人一幕，又听到县委书记的高声问话，人群里立刻有了回声：

“我去，我会凫水！”

“我去，我水性好！”

“我去，我家就是对面的万家庄，那年发大水我就游过！”

“我去”“我去”的声音硬是压住了暴雨的哗哗声！

在众多的“我去”中，一个独特的声音震撼了我：“我是共产党员，我去！”

紧接着又有好几个也喊：“我也是党员，我先去！”

这时，一个苗条白净的青年从后边挤到了前边，朝张政委和蒋局长大声喊道：“我是党员，我还是国家干部，我去，我叫刘安基！”

张政委定睛看他，雨幕挡着，他根本看不清刘安基的模样，便大声问他：“水这么大这么急，你真能游过去吗？”

刘安基说：“没问题，保证没问题！”

张政委接着说：“那就是你了！你游到对面去，到县农修厂找负责的人，就说我说的，让他们立刻派一辆拖拉机把你送到石桥子吴家楼水库，告诉县委领导老孙和石桥子党委，不管出现什么情况，不准炸坝，万一守不住吴家楼水库的大坝，宁愿被大水冲开决口，也绝不准炸坝！你就跟他们说，这是命令，谁要是决定炸了大坝，我就枪毙谁！告诉他们，枪毙！”

刘安基答应着，把手腕上的手表一撸，递给了我，接着就跃进了潍河的滚滚洪流中……

刘安基往洪水中奋身一跃的瞬间，给我留下了一个勇敢与悲壮的终生难忘的背影，我仿佛看见，他的后背上赫然写着“共产党员”“国家干部”八个大字，但是，我什么也看不见，看见的只有越下越大的雨水从我的头上泼下来，我的泪水和着雨水，顺着我的鼻子、我的嘴往下淌着。刘安基的身影一会儿就被浪涛淹没看不见了……

刘安基奋身一跃的瞬间，我看到了张政委的背影，他的身子微微前倾，左手不停地擦着脸上的雨水，也许是泪水。他的前方是在洪水中渐渐变小的刘安基的影子和汹涌的洪水，是潍河对岸受灾的群众和村庄，是吴家楼水库大坝不决口的坚持。那是一个沉着坚定、果断刚毅和心系群众的背影，那个“谁要是决定了炸坝，我就枪毙谁”的命令，在那样危急的时刻从县委书记的嘴里喊出，那不是在滥用权力，那是心系群众，那是真正的为人民服务，那是发自内心的责任担当！透过瓢泼的雨帘，我仿佛看见，他的后背上也赫然写着“共产党员”“县委书记”八个大字，但是我什么也看不见，看见的只有越下越大的雨水从我的头上泼下来，我的泪水和着雨水，顺着我的鼻子、我的嘴往下淌着，张政委高大魁梧的身影我都看不清了……

我记住了“刘安基”这个名字，记住了他是“共产党员”，还是“国家干部”，但不知道他是哪个单位的。之后，我得空便打县直部门的电话，打听他们“刘安基”这人。三个月后，我才打听到县广播站有这么个人。在此之前，我连“刘安基”这个名字都没听说过，张政委、蒋局长更不知道他。我替他保管的手表，也是三个多月之后才和他见了面还给他的。

那是我平生第一次经历那种场面，那个场面不仅让我认识了刘安基，更使我永远记住了“我是共产党员”“我是党员，我先去”“我还是国家干部”！

今天，我又看到了这位白衣天使的后背上清楚写着的“共产党员”的字样，还有照片末端的文字说明，又看到了“我是党员，我先上”，那“我先去”和“我先上”是一个意思，都体现了一个共产党员的精神，一个共产党员在困难、危险面前的无私与无畏！

多少年后，我们或我们的后人也许会忘记2020年的初春；也许会忘记那些与死神殊死搏斗的白衣战士；也许会忘记奋战在一线的一个个普通的共产党员；也许会忘记所有做出贡献的人们。但不要忘记，永远不要忘记，2020年庚子之春，我们之所以取得那场特殊战役的胜利，是因为我们有领导着我们的核心力量——中国共产党！

（六）

《最美的背影》发表后，收到了上千条评论与点赞，有在后台留言的，有在朋友圈和微信群转发的，有专门给我发微信的。在诸多评论中，有发文字的，有发表情的，有送鲜花的，有伸大拇指的，有给笑脸表示对文章赞赏的，有发哭泣的表情诉说被故事感动的，还有直接给我打电话畅抒己见的，不胜枚举。

最难能可贵的是，有一个朋友，直到文章发表前我们都未曾谋面、互不相识。她看了《最美的背影》之后，竟专程找到我，诉说了一个动人的故事。她叫王祥臻，是临沂市沂水县人。她还给我带了一篇文章——《从〈最美的背影〉想到的》，经她同意亦予以发表。此文以其父亲与《最美的背影》中一个背影的特殊的情感纠葛，为《最美的背影》一文增添了亮丽的色彩。

从《最美的背影》想到的

赵部长您好！

您的《最美的背影》一文，我反复拜读，不仅被您优美的文字打动，更被您诠释的背影震撼。您文中那一个个背影，深深地震撼着我！震撼着我的情，震撼着我的爱，震撼着我的心！说实话，那不是一般的震撼，是让人的灵魂为之发热、发烫、发疼的震撼！因为，您文中的每一个背影都深深地戳着我的心！

是的，是深深地戳着我的心！

其实，您的文章所讲的这些令人震撼的背影是极其有限的，单就逆行湖北的那些白衣战士，就数以万计，他们给人们留下的是几万个背影，每一个背影都令人牵肠挂肚，令人担心与心疼，每一个背影都有令人敬佩的勇敢与悲壮！他们去了，那是一颗颗报国之心，那是一颗颗救人于水火的勇于牺牲之心！我的一个朋友宋家英就奔赴了“抗疫”一线，她是潍坊医学院附属医院的主管护师，她给我留下的，就是一个让我牵肠挂肚、泪眼婆娑的背影！

赵部长，您选择的“背影”这个主题太好了。在这个世界上，每一个人都会留下他的时代背影，有的是一个瞬间，有的是几年几十年，有的即便离开了这个世界，也给人们留下了令人刻骨铭心的背影。当然，不是所有的背影都像您文章中选定的背影一样富有特点，既有文字，又有内涵，还有情感。在这里，我并非是在说您选择的不对，我是说，您选择的正确，正因为正确又有特点才震撼人心。我要说的是在脊背上没法写文字，没法表示内心，也没有特点的背影。比如说，您在文章中写到的那个叫刘安基的人，他面对潍河水流湍急的洪水纵身一跃的那一刻，就给人们留下了一个惊心动魄、永难相忘的背影！所有的背影前，都可能有一个甚至几个你看得见或者是看不见的故事。那故事可能是令人害怕的，令人心疼的，令人感动的；也有令人憎恨的，令人可笑的，令人不齿的。但是，刘安基给人留下的是一个“共产党员”“国家干部”的背影。

正如您一样，我不知道您是谁，但我却知道您为了谁，您是用真情写《最美的背影》的那个人；我不知道那些战斗在“抗疫”一线的白衣战士是谁，但我知道他们是为了谁，他们是和死神抢夺生命的人；我也不知道刘安基是谁，但我却知道他为了谁，他是为了吴家楼水库下游几万人的生命去送达命令的那个人。

刘安基面对的是滚滚的潍河洪水，他的面前是无法预料的危险，面对的是一条舍己救人的生命线！一口水把人呛死不是吓唬人，尤其是在洪水中，在潍河历史上最大的洪水中！

我在水利部门工作多年，不仅诸城，全潍坊市的大小河流与水库我都去过并有不同程度的了解。因我对潍河有着一份特别的偏爱与情感，了解便也更多。我不仅在潍河工作多年，而且退休于潍河的拙村水电站。潍河是诸城人的母亲河，是潍坊人的母亲河，也是我的母亲河。潍河是全潍坊最长、流域面积最广的第一大内河，它的头和尾各挑着两座大水库，头上的墙夼水库在诸城、五莲境内堪称第一，而尾上的峡山水库，则是在山东省内都首屈一指的。对潍河的了解，别人不敢说，但我觉得我肯定比您知道得多，了解得细。但也不一定，因为我不知道您是谁，很多人称您为部长，可我不知道您是哪里的部长、干什么的部长，我只知道您是写《最美的背影》的部长。

请原谅我的词不达意和语无伦次，原谅我的文字水平低下，我是想到哪里就说到哪里。我说的是心里话，不仅是我的心里话，也是我父亲的心里话。看了您的《最美的背影》之后，我没急于发表评论，说真的我也不懂什么评论，您这一篇文章引来那么多的美评，我确实不敢班门弄斧，但您的文章给我打开了一个“心结”，或者说是一个“纠结”！看到您这篇文章，我不仅有了一种身心轻松与豁然开朗的感觉，而且我确确实实搬掉了压在我心头的一座体量很重的“大山”。那座“大山”就来自您《最美的背影》中那一个个背影，尤其是那个后背上没有写字、为了更多人的安全跳进潍河史上最大的洪水中的背影，那个叫作刘安基的用自己的生命和“共产党员”“国家干部”的身份做抵押纵身跃入洪水中的背影！

因我年龄够不上，刘安基纵身跳入潍河洪水的背影我肯定没看见，但是，我父亲却是亲眼看见，他当时就在现场，那个场面令他热血沸腾又自叹弗如，并成为他一生耿耿于怀的遗憾。为此，他给我安排了一个我一直未能完成的重要任务——寻找那个令我父亲感动、敬佩又不服气还留下终生遗憾的那个人的名字，我父亲想去拜访他，想去认识他，想去看看他的背影，甚至想和他找个地方一比水性高低！

我的老家在临沂市沂水县最北边的一个小山村，我们那个村辖于何家庄子乡，东与诸城的孟疃、马庄接壤，南边与西边连接着沂水、莒县和五莲的大山，北边便是祖祖辈辈与之打交道的浯河。浯河是潍河的最大支流，一旦天降暴雨，河水便携同山洪直下。浯河是河南岸的沂水、诸城与河北岸的安丘之间不可逾越的天然屏障。而我家的男丁，却极擅水性，那河水再大再急都无法阻挡他们。据说，我的老爷爷过浯河不管水势大小，可双手合十打坐渡河，其真假暂且不论，但我的祖辈和父辈的水性之好都不亚于《水浒传》中描写的阮家兄弟。

我的父亲生于1936年，1974年时还不到四十岁，那可是正血气方刚的年纪，给我们的印象是浑身都有使不完的劲。8月12日晚上他冒雨赶到诸城县城，在城里住了一夜，第二天上午，他要到潍河北岸的诸城农修厂办事。本想雨不下了或下小了便可去潍河对面，可那雨越下越大，他沉不住气，便顶着瓢泼大雨直奔潍河大桥。到了桥头的时候，正赶上您在《最美的背影》中写到的诸城县委书记张修林大声问谁能凫水到对岸去传达他的命令的那一刻。

我的父亲是第一个回答诸城县委书记问话的，是第一个！

待我父亲回答“我会凫水”之后，一连串的“我会”“我也会”都跟着响起来。雨太大，谁的脸都看不清。这时，我的父亲听到有人喊“我是党员，我去！”

我的父亲不是党员，他心想难道党员的水性还进行了专业训练？如果真是那样，自己肯定不如党员。他在心里产生疑问的同时，感觉自己一下子比党员矮了半截。

这时，我父亲听到了刘安基的回答：“我是共产党员，我还是国家干部，我去，我叫刘安基！”

刘安基的名字我父亲没有记住，但刘安基的话，我父亲记了一辈子，尤其是“我是共产党员，我还是国家干部”。当我父亲听到好几个人都自报家门是“共产党员”的时候，就感到自己矮了半截，当听到刘安基多加了一句“还是国家干部”时，我父亲就立刻觉得自己矮了全身，就是个子再高，在党员和国家干部面前，也没有了高度！所以，刘安基“共产党员”“国家干部”的双重身份，给了我父亲沉重的打击和深深的刺痛！他是一个农民，一个生活在偏僻山沟里的农民。我们相距沂水县城百里之遥，且全是山路，去沂水城里办事还不如到诸城城里方便，父亲一生到沂水县城的次数屈指可数。当时，在那个偏远的小山村当国家干部，比登天还难，所以，他便把希望寄托在我的身上，让我长大后，既要入党，还要当国家干部。

多年后，也就是从我年满十八岁开始，父亲便再三嘱咐我，一是争取入党，成为一名共产党员；二是要当一名国家干部，这两样缺一不可。开始，我并没有领会父亲的用意，只觉得入党光荣，当国家干部是好事！

但是，经过多年努力，我既没有成为一名共产党员，也未能当成国家干部。

资料可见，二十世纪的九十年代，我曾多次写过入党申请书，但那时一个单位所分名额有限。没有成为一名共产党员，并非是我工作不好，并非是我没有业绩，而是有许多无法说明的原因，在此我不便说透，但是，此事给我留下了很多遗憾。

成为国家干部，有一个很好的机会，但是被我主动放弃了。

我未能成为共产党员，也没当上国家干部，开始父亲好像很不满意，说我不够努力，说我没干好工作。后来，他知道我工作一直优秀，为人也好，并且他明白了，他明白了他内心的另一层意思，便不再对我不满，并给予我未曾想到的一种理解。

我父亲对您写的刘安基不顾生命危险纵身跳入潍河的那个场面刻骨铭心，一旦有空就跟我讲。父亲的话开始我没理解透，后来才明白，他是说入党和当国家干部的目的，就是要在危险面前，在党和国家需要你的时候，你比一般的群众要“高”，比他们有资格、有条件身先士卒去冒险、去献身！

从我父亲要我成为共产党员和国家干部到您的《最美的背影》，我看到了那些奋战在“抗疫”第一线的白衣战士中，有的是共产党员，有的不是，但按照原来中专以上学历都是国家干部的标准，他们都是国家干部。从《最美的背影》中，我还看到了“共产党员”和“国家干部”的精神与风采，看到了他们的忘我与勇敢，看到了他们的奉献与牺牲，看到了这个世界上最美最美的背影！

赵部长，感谢您！感谢您给我这样一个机会，让我了解了在“抗疫”一线上奋力拼搏的白衣战士；感谢您让我知道了在潍河大洪水时纵身跳入汹涌波涛中的那个既是“共产党员”又是“国家干部”的人，那个人的名字叫刘安基！

我父亲病重离开这个世界之前，拉着我的手，给我安排了最后一件大事，或者说是一项重要任务，他要我一定要想办法找到那个奋不顾身横渡潍河的他没记住名字的人，要我看看那个人，并要我一定要告诉那个人：“当时在那个场合，有个人水性绝对比你好，但却不是‘共产党员’，更不是‘国家干部’，所以让你抢了他第一个报名凫水的机会！但是，那个人不服你，从心里不服你，不服了一辈子！那个人说了，下辈子他一定要成为一名‘共产党员’，还要当一名‘国家干部’，再遇到像潍河大洪水那样的险情时，一定不再让你争了去！”

赵部长，您说，我父亲交给我的这个任务我怎么能完成呢？

一是他不认识当时在场的任何一个人，并且又下着大雨，所有人的面目都看不清；二是他只知道一个县委书记，但不知道县委书记的名字；再就是跳水的人的名字他也没记住。偌大个诸城，我怎么打听？我不能见个人就问你是共产党员也是国家干部吗？问明白了这些，再问你会凫水吗？然后再问 1974 年 8 月 13 日诸城大水灾，你游泳到潍河对面去传送县委书记的命令了吗？那样打听，肯定打听不到，把我自己也打听成神经病了！最省劲的办法，就是找到当时的县委书记，可我到诸城工作时，县委书记已经更换了几任，我到哪儿去找那个县委书记啊？就是我能找到县委书记，我能见上县委书记吗？

我知道，父亲的临终嘱托是大事，是子女必须想办法完成的大事。我还知道，我很难完成父亲的临终嘱托，或者说是不可能完成。但是，为了我的父亲，为了我父亲的心愿，我没到沂水就业，而是想办法到了诸城，并且进了诸城的水利部门在潍河上工作，我把我的工作热忱和人生的诸多情感都倾注到潍河上，想以此告慰父亲终生念念不忘的挂牵，告慰他不是共产党员和国家干部那比人矮半截的自卑！

谢谢您赵部长，谢谢您的《最美的背影》，让我知道了我父亲一生惦念与牵挂且不服气要找的那个人，那个叫刘安基的共产党员、国家干部。

谢谢您赵部长，谢谢您的《最美的背影》，让我知晓了我大半辈子连一点线索都没有打听到的刘安基的信息，我父亲的嘱托可以实现，我父亲交给我的任务也可以完成。同时给我提供了机会，让我去看看刘安基，看看这个给我父亲留下终生难忘的背影的人！

等我见了刘安基，把我父亲要跟他说的话转达后，我就要到我父亲的坟前，郑重其事地告诉父亲："大大（父亲），我找到他了，找到那个让你惦念、让你牵挂、让你不服气的那个人了，我找到了，那个人叫刘安基！我把你要跟他说的话都跟他说了，把你的问候和不服气也转达了，你就放心吧，那个刘安基现在一切都很好。他也让我告诉你，下辈子，你们都是共产党员，都是国家干部，假设再遇到大洪水，你们二人同时争第一个报名的人！大大，我还要告诉你，你是走早了，你知道吗？

疫情期间，又是一部分共产党员和国家干部逆行而上，冒着危险奔赴‘抗疫’第一线，为我们挡住了危险，挡住了死神。你知道吗？在你们那个年代，医生护士都是国家干部，是白衣天使，到了‘抗疫’的战场上，他们就成了战士，成了与死神搏斗的战士。在这些战士中，有七八十岁的钟南山、李兰娟等院士，那是令人仰视的医学专家，也成了披甲上阵的战士；有解放军的医疗卫生队；有来自全国各省的医护人员。在这些医护人员中，就有相当一部分是共产党员，是国家干部！”

最后，我还要谢谢您赵部长，谢谢您的《最美的背影》，让我了却了我父亲一生的最大愿望；让我解开了压在我心头多年的“心结”和“纠结”；让我看到了普通的共产党员和国家干部的高大形象。最为关键的是，您让我又有了一个新的想法，那就是如果有可能，我想再申请入党，再争取当一名国家干部，不为别的，就为像我父亲想的那样，像“抗疫”一线的白衣战士那样，像刘安基那样，既是“共产党员”，又是“国家干部”！